CATÁLOGO DE RESSENTIMENTOS

CATÁLOGO DE RESSENTIMENTOS
Samir Arrage

ALTA BOOKS
GRUPO EDITORIAL
Rio de Janeiro, 2023

Copyright © 2023 Samir Arrage
Copyright © 2023 Starlin Alta Editora e Consultoria Eireli

Capa: Mayume Hausen Mizoguchi e Vinícius Mano
Imagem de capa: Vinícius Mano
Revisão: Maria Carolina Rodrigues
Diagramação: Joyce Matos e Luiz Roberto de Gomes Sá
Assistentes da Obra: Henrique Waldez e Milena Soares

Catalogação na publicação

Arrage, Samir
Catálogo de ressentimentos / Samir Arrage – São Paulo: Faria e Silva, 2023.

ISBN 978-65-81275-43-3

1. Romance. 2. Literatura brasileira. I. Samir Arrage. II. Título.

CDD 869.93

Índice para catálogo sistemático

I. Romance: Literatura Brasileira

Editora afiliada à:

Rua Viúva Cláudio, 291 – Bairro Industrial do Jacaré
CEP: 20.970-031 – Rio de Janeiro (RJ)
Tels.: (21) 3278-8069 / 3278-8419
www.altabooks.com.br – altabooks@altabooks.com.br
Ouvidoria: ouvidoria@altabooks.com.br

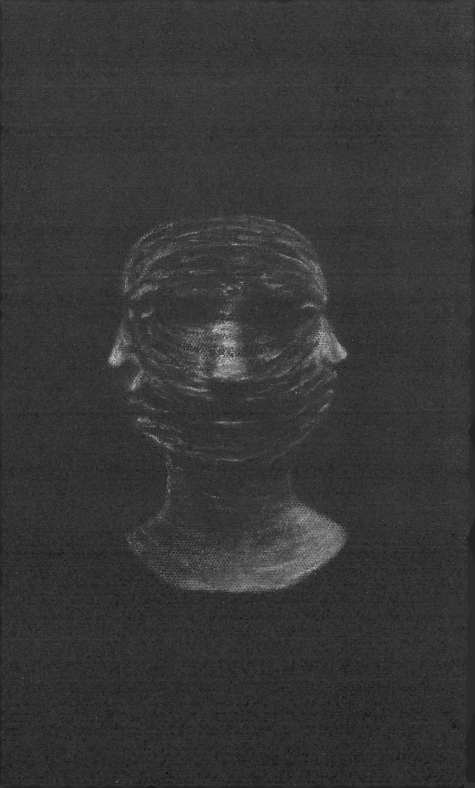

Para o meu pai.

Para os meus filhos.

(teste para epígrafe)

Minha atividade de escritor tratava de ti, nela eu apenas me queixava daquilo que não podia me queixar junto ao teu peito. Era uma despedida de ti, intencionalmente prolongada, com a peculiaridade de que ela, apesar de imposta por ti, corria na direção que eu determinava.
Franz Kafka, em *Carta ao pai*

Não me chama de pai.
Meu pai, no corredor do supermercado

PIRULITO
(ou um tipo muito particular de anoitecer)

No carro. Você lembra que deixou o copo cheio em cima da borda da mesa de sinuca revestida com tecido carmim?

A mesa tem esse revestimento bonito e brilhoso, além dos pés e bordas de madeira que a fazem muito imponente, com bossa de objeto caro e chique. Você pensa que o esquecimento pode ser perigoso, pode haver um incidente e o tecido da mesa de sinuca terminar manchado. Haveria reclamação, alguém esbravejaria com você, dizendo que você é desatento, descuidado, que nunca aprende o lugar certo de colocar as coisas, você faz tudo errado. Você reflete por um instante e, bem, nunca fez nada de tão errado assim. Deve ser um exagero, mas você ainda não entendeu direito o que é um exagero, o exagero nas outras pessoas, como elas aparentam gostar disso, dessas coisas que as fazem explodir de dentro para fora.

Você sabe bem quem é que vai encher o seu saco se algum desavisado, se alguém embriagado ou se alguma criança derrubar o tal copo, um líquido turvo e adocicado, que manchará a bonita mesa de sinuca, uma ilha escura irregular destinada ao mofo em dias. É de você que ele vai reclamar com fúria, mesmo que não seja culpa sua, você não está mais na festa e não estapeará aquele copo, é uma desproporção, como sempre acontece e você quase já se acostumou.

Não que o costume facilite o andar da carruagem. Às vezes, apenas piora: há a antecipação da cólera. Esse é o problema com a sua imaginação. Ela te transforma num covarde.

A seu favor, o dono da casa vai dizer que não, não, não foi nada, esqueça, é só secar. Ou talvez o sujeito não consiga disfarçar a irritação e se limite a calar a boca enquanto procura uns guardanapos. Os outros convidados baixarão os olhos, se constrangerão com o esporro que você levará em praça pública, ou vão rir, sim, eles vão se divertir, é isso o que você acha que acontecerá quando voltar para a festa, é isso o que imagina agora, no carro, você é essa mistura de covarde e pessimista, sempre imaginando as coisas mais feias, as coisas mais terríveis, e você as coloca no meio da sua própria vida.

São 17h, mas isso não importa, e você não colocou o cinto de segurança. Não se usava cinto de segurança. E você não usava relógios. O carro andou bastante, você não prestou muita atenção no trajeto ou no tempo, observou árvores e postes pela janela enquanto supunha essas complexas equações envolvendo copos cheio de bebida, mesas de sinuca e a ira dos grandes. Não importa mais.

O carro entra em uma garagem com piso coberto de brita. Só agora você se dá conta de que integra uma pequena carreata: há um carro na frente e outro carro atrás daquele em que você está. Todos ingressam em um estacionamento, atravessam um portão enferrujado, os carros estacionam em diagonal, um rente ao outro, todos de frente para um muro descascado com a pintura de uma propaganda de cerveja. Você não consegue ler o que diz a propaganda. Você é apenas um semianalfabeto.

— Vem. Desce.

A porta do seu lado se abre. Um homem baixo, a barba por fazer, lábios grossos e rosto angulado, cabelo fino e preto, está do lado de fora. Você não entende muito bem o porquê, mas perde tempo até reconhecer esse homem, quando tudo deveria ser espontâneo, um rosto que deveria permanecer muito amistoso sob qualquer hipótese. Este homem é o seu pai.

— Tá esperando o quê?

Ele não estende a mão. Não é necessário, na opinião dele. A sua opinião, você ainda não teve tempo de formar. Você e o seu pai caminham em direção a um prédio baixo ao lado do estacionamento, você sente pedrinhas nos seus tênis brancos e limpos – tênis de festa, vocês estavam em uma festa (o copo, a mesa de sinuca, a possibilidade da culpa). Os outros homens da carreata se aproximam, uma gangue na qual você é incluído, quem diria? Você apenas os segue, não fica à vontade, mas não é um esforço assim tão grande, você sequer presta atenção no que pode estar sentindo.

Há um letreiro vermelho muito chamativo sobre uma porta e ele é interessantíssimo: é um nome, você não consegue decifrar, mas o seu brilho intenso é contagiante. É uma palavra-luz. Você não recorda ter visto algo parecido em outro lugar que não em filmes. O letreiro vermelho está acima de uma porta estreita, alguns dos homens já passaram por ela, o seu pai já passou, chegou a sua vez, você olha para cima, a palavra-luz emite um ruído constante de inseto, você logo deixa de ouvir aquele zumbido porque também passa pela porta e agora é uma troca bem drástica de perspectiva, fique atento.

Tudo é escuro. Uma luz fraca funciona em algum canto, é mais noite ali dentro do que deveria ser, e isso confunde. Que horas são? Lembre-se, você não usa relógio. A saleta é pequena e abafada. Há uma cortina de veludo puída em uma das extremidades, ela tem uma cor de vinho que até lembra a mesa de sinuca. Os homens, agora, falam. São os companheiros do seu pai, e não só eles: você ouve vozes estridentes de outras pessoas, não entende sobre o que falam, suas vozes são potentes e roucas, homens que conversam entre si, tudo leva a crer que são homens conversando sobre coisas de homens — vamos supor que você já entende desses termos.

Você e os outros não são impedidos, ninguém notou nada. Vocês desviam da cortina e chegam a um lugar mais amplo, um pouco mais iluminado. Há gente, há mesas redondas, uma confusão de música e lâmpadas que piscam, barras de ferro e escadas com poucos degraus. Uma mulher passa, você a segue com os olhos, é impossível não a seguir, tamanha a estranheza: ela tem as costas arqueadas para trás, as roupas são diminutas, espartilho, salto alto, as nádegas quase totalmente descobertas. A calcinha da mulher, na parte de trás, é só um fio estreito, preto, um pedaço bem fajuto de tecido. As coisas ficam confusas. A música toca mais alto, a bunda que você não esperava ver, as luzes piscantes, homens conversando aos berros.

Agora, há uma voz de comando que reorganiza a sua atenção mesmo que você não queira. Pelo tom da voz, sabe-se que é uma ordem, apesar de não se entender o que é, qual é o idioma falado.

Sabe-se que é um homem e que esse homem fala, tem a habilidade trivial de se fazer entender e que, de alguma maneira, seja lá qual, ele exerce poder sobre alguém. Sabe-se de tudo isso, você não compreende, porém, o que é dito. É como se você ouvisse uma língua morta, caso você soubesse o que é uma língua morta, um dialeto desconhecido ou um idioma inventado.

É uma televisão. A televisão está pendurada em um suporte na parede, rente ao teto. Na televisão, há o homem dono da voz, é ele, sim, está dentro da TV. Sem camisa, sua barriga é flácida, o peito tem muito cabelo, seu rosto é avermelhado e o bigode é loiro. Ele é o dono da situação. O homem olha para baixo. Há uma mulher ajoelhada.

O pênis do homem está entre as mãos da mulher. O pênis é terrivelmente vermelho e riscado por veias esverdeadas, grotesco, não há nada que se queira ver ali e você continua olhando. A curiosidade é perversa, a sua curiosidade e a sua imaginação vão arruinar você, pode esperar sentado. E você se mantém parado, com foco no aparelho de televisão. E a mulher, de joelhos, com aquilo em uma das mãos.

Abra bem os olhos. É isto o que você está vendo, a ação da mulher é a seguinte: colocar o pênis do homem dentro da boca.

A mulher coloca o pênis, o pinto, o pirulito, o pau monstruoso dentro da própria boca.

Com movimentos precisos, uma repetição ritmada, com a maior parte do pênis constantemente dentro da boca, a mulher aproxima e afasta a cabeça do corpo do homem, aproxima e afasta, aproxima e afasta. O homem fecha os olhos e joga a cabeça para trás. A mulher não interrompe o seu afazer mecânico por minutos. Quando finalmente para, a mulher olha para cima e sorri. Ela coloca a língua para fora e umedece os próprios lábios, sorrindo para o homem, que a encara com desdém.

Você está imóvel. Você continua virado para a TV, as luzes da tela mancham, em completa desordem, o seu rosto. A ação continua no filme: a mulher se aproxima e se afasta do pênis do homem com a boca aberta. Aproxima e afasta, aproxima e afasta, aproxima e afasta, o homem geme, e ela aproxima e afasta, o homem geme, a mulher geme, o homem geme mais alto, ela aproxima e afasta, aproxima e afasta e aproxima e afasta e você tem seis anos de idade.

Uma música eletrônica faz tremer os alto-falantes, um tipo muito particular de anoitecer se impõe dentro de paredes abafadas com cheiro de fumaça de cigarro, uma mulher coloca o pau de um homem na boca em um aparelho de televisão de tubo que está suspenso a poucos metros de você. E a melhor coisa que você consegue fazer é ter seis anos de idade.

1.

A verdade é que escrever é uma merda, uma merda maior é escrever aqui neste hospital, diante deste piso que reflete os meus tênis e as minhas pernas, me transforma na carta de um baralho deformado e caricato e duplicado com este notebook no colo, um piso frio que me parece muito inapropriado porque parece escorregadio quando deveria ser seguro e apreensível, parece algo tão liso e incontrolável, e tenho vontade de deitar nele e de sentir um pouco do gelado que ele aparenta ter, na verdade, sinto muito calor, isso puxei de ti, esses calorões, entre outras coisas pouco importantes e certamente mais indesejadas, tenho calor e é dezembro, o fim é o começo, é o dia primeiro, e é Porto Alegre e esse é um martírio inescapável, mas sinto calor especialmente porque tenho este notebook no colo e ele me esquenta enquanto escrevo, não ventila, faz barulho, aquece como se estivesse vivo, interruptores e parafusos, e parece orgânica essa calculadora idiota, e a grande verdade é que é difícil escrever e me esquenta tanto porque, para falar bem sinceramente, e acho que tu já sabe, acho que já tem certa consciência do que se passa por aqui, enquanto estou batendo com os dedos no teclado, neste corredor de hospital, a morte, pai, a morte acumula milhas para vir te buscar.

2.

Uma senhora grande e gorda está sentada na minha diagonal, o corredor não é lá tão amplo e nos enxergamos, trocamos um olhar vez ou outra. O que ela espera? Quem? Que notícia a interessa?

Minha companheira usa óculos como eu. Óculos grossos. Sua cara é redonda e o seu corte de cabelo não a favorece, para o meu gosto. O cabelo é curto, liso, amarelo, contorna e ajuda a realçar a anatomia da cara. Ela é bochechuda. Como eu era na infância, lembra como tu enchia o meu saco por causa das bochechas que depois secaram, mas nem tanto, remanescem aqui desagradáveis, na minha opinião, que é a opinião mais importante de todas nesses quesitos, tu me enchia o saco por causa do tamanho da minha cara, do tamanho da minha cabeça, do comprimento do meu queixo, do tamanho do meu nariz, da grossura das minhas sobrancelhas, do formato do meu pau, do tipo do meu cabelo? Lembra, pai? Será que eu fui tão incompetente em deixar claro para ti que todas essas coisas me incomodavam, essas brincadeiras de menino mais velho e mais forte, completamente desproporcionais? desproporcionais? Tu não era um menino, tu era o meu pai. Não te dava conta de nada.

Era o meu pai e pronto, não deveria ser o suplício completo de um recreio dentro da minha casa, do meu quarto, o meu jardim de infância privado e particular e que nunca admitia uma pausa sequer.

Minha amiga está com o queixo encostado no peito, balbucia de vez em quando, não sei se reza, se fala sozinha, se dorme de olhos abertos e fala dormindo. Ela não me nota, apesar de eu parar de escrever a todo instante para olhá-la sem a menor das vergonhas, não que isso seja do meu feitio e tu sabe bem como sou com as pessoas. Ou talvez tu não saiba porque consegue ser tão incompetente quanto eu, a sensibilidade e a sutiliza de um aspirador de pó. Tu, repousando após a cirurgia, a mãe foi atrás de um café, está demorando, e eu e essa mulher aqui, só nós estamos aqui a essa hora, alguém passa eventualmente, um enfermeiro, um funcionário, alguém. Ela está usando uma calça jeans muito justa e uma blusa sem mangas, de tricô, inadequado tricô nesse calor de Porto Alegre, amarelo e preto, amarelo e preto, amarelo e preto, nesse listrado assim simétrico que me obriga a pensar em uma abelha-rainha, uma rainha destronada e triste, e que péssima essa minha comparação, e eu acho que já estou ficando com sono.

3.

Com qual camisa ir ao estádio, de que jeito sentar na arquibancada fria do Olímpico, de que jeito e em que canal assistir a um jogo decisivo na televisão, se assistir ou não, se estender uma faixa azul e preta na janela ou não, se ouvir a transmissão do rádio ou não, eu não estava ouvindo e saiu o gol, eu estava piscando e não saiu, eu estava no banheiro e tomamos o gol e agora minha bexiga pode explodir mas o Grêmio não vaza mais porque daqui não saio. De que jeito segurar uma garrafa de água no primeiro ou no segundo tempo, não descruzar as pernas, não trocar de cadeira, não desvirar uma almofada, não desamassar uma bandeira, não abrir uma persiana, deixar o volume da TV no dezesseis e não mexer mais nele, roer uma unha sempre num sentido específico durante as cobranças de escanteio do time adversário, amarrar ou não um tênis dependendo do placar do jogo, uma série interminável de manias supostamente invisíveis aos olhos dos outros regendo boa parte de uma existência miserável.

O futebol foi só um exemplo. Tenho uma coleção deles aqui. E se escrever é tão difícil para mim, eu me empenho em fazê-lo numa mistura de rancor, de raiva e, sim, por um pouco dessa superstição, claro que esses maneirismos peguei de ti, é só mais uma das tuas ferramentas mantendo os meus mecanismos desajustados até hoje.

É a minha superstição, agora, que me condiciona e me empurra nessa empreitada, que bem ou mal é brincar de Kafka, um Kafka afeado, genérico e desprovido de gênio, que escreve ao pai. Sem o romantismo da pena, só o calor do notebook esquentando as minhas coxas num corredor silencioso de hospital, só as teclas fazendo ruído na calma intocada desta ala, enquanto a abelha-rainha acorda e se levanta e me deixa a sós com o texto, com as possibilidades de começar a escrever tudo o que eu tenho para te dizer, aqui na antessala do teu inferno como um Garcín do Sartre, só que sem ninguém para me acompanhar, e que eu faça isso logo, para ver se funciona, para ver se dá certo, para vencermos o tempo, porque agora já nos ronda o nunca.

4.

O nada, o fim, um epílogo.

Não era tão grave, o médico estava confiante, mas, veja, o tumor cresceu, espalhou um tanto assim, achamos que seria mais fácil, mas não está sendo. E aí fodeu.

Falar de morte, da tua morte, não é mais tão inédito entre nós e entre o resto da família. Me resta escrever e escrever rápido. Com um ódio retroativo, com a vontade de te ver morto, com o medo de não me importar com a tua despedida. A desgraça é que ainda me importo. Me ponho a escrever para que eu mesmo te aniquile antes que tu morra e me deixe de mãos abanando como nas outras oportunidades.

Desta vez, estou num corredor de hospital, sozinho com uns ressentimentos na garganta. Estou escrevendo só para ti, um leitor só, um não-leitor, um leitor virgem, costurado e anestesiado, e eu com essa vontade de que tu viva e de que tu leia essa minha carta, um livro que vou publicar, não em tua homenagem, sem dedicatórias, ou será a maior dedicatória de todas? Um livro-dedicatória para que tu leia, para que tu desvirginize nessas coisas de ler, finalmente, seu burro do caralho.

Vou publicar a minha carta ao pai que nunca abriu a porra de um livro, onde já se viu, um homem com tantas chances na vida, tantos recursos, e nunca ter aberto um romance ou uma novelinha ou o que quer que seja, um livro bom ou um ruim, com uma história inventada ou verdadeira como a nossa, seja Kafka ou menos, muito menos, o que for, e quando menciono Kafka decerto nem sabe do que estou falando e vai me achar um pedante, que talvez eu seja, só por vomitar na tua cara essas referências até meio óbvias, mas que para ti, um Hermann que nunca leu, não existem.

Eis a versão atualizada de jardim de infância. Ao escrever, eu sou o menino maior que te oprime, que te ameaça e que te zomba, assim é muito fácil para mim, eu, um covarde, um prepotente, enfim te colocando em uma terra que tu desconhece. Bem-vindo.

5.

A minha superstição e a minha vontade dizem para mim:

> *você precisa terminar esse livro,*
> *senão esse filho da puta vai morrer.*

Escreva esse livro, senão ele vai morrer. Termine logo antes que o câncer se espalhe e, a um só tempo, sele os ouvidos do teu pai e ate uma mordaça na tua boca. Esses ressentimentos vão ficar te sabotando para todo o sempre. Esse desgraçado vai ter que ler, finalmente ele vai ser obrigado a ler um livro, porque é tu quem escreve, o único filho dele, porque esse livro tratará dele próprio, ainda que ele não saiba disso de imediato, ainda que ele resista, ainda que deixe o texto encostado num canto como todos os outros que passaram pelas mãos dele na vida, mesmo que ele demore a entender que esse livro é, sim, uma tentativa meio boba de salvar uma carcaça defeituosa, cinzenta e desfalecida em repouso num leito de hospital no exato momento em que o filho escreve, então escreva e salve a ti próprio também, vamos ser sinceros.

6.

Quantas vezes foi assim, pai? Eu, uns brinquedos, sozinho, inventando besteira. Agora, o computador e o que escrevo para ti, e tu no quarto, tu sempre no quarto, trancado, nós sozinhos. O quarto é outro. Não lê nada. Sempre analfabeto das minhas coisas. Talvez eu esteja me equivocando, é tarde, estou cansado, escrevo do jeito que dá, vou terminar aqui, bater esse computador e ir para minha casa, te deixo a cargo da mãe, por hoje chega e acho que chega já faz muito tempo. É confuso te esperar de novo desse lado de fora, feito um guri com medo e com sono, sem acessos a ti, e essa insuficiência, isso de nunca te bastar, de nunca chegar perto das tuas expectativas, e o pior, agora tendo a consciência do que se passa, e tu cego, mudo, iletrado. Não sei, a memória é isso, tão pouca luz, tão pouco a nos mostrar, memória é imaginação, não há tanto assim o que procurar, mas insistimos em puxar do avesso as nossas sombras. Só que sim, penso que sim, imaginando ou seja lá como for, já é hora, pai. Vamos colocar sal nessas aftas.

DÚVIDAS FREQUENTES

O que é ser um homem?
Jamais dizer não à mulher que demonstrar algum interesse por ele.

Um homem deve se casar?
Esse tipo de compromisso é uma convenção social que aprisiona o homem e da qual, geralmente, ele tem dificuldades de fugir. O homem não pode ser culpado pelo casamento.

Um homem pode trair?
Ver a primeira resposta. Uma das consequências de se levar a sério o que está dito nela pode ser a traição — se o homem for comprometido.

Um homem deve ter filhos?
É melhor que sim. Ter um filho legitima e assevera a sua hombridade.

Qual a responsabilidade de um homem em relação ao filho?
Mantê-lo vivo até a idade em que o filho entenda e acredite nas respostas para todas essas questões. Depois, o filho que ande com as próprias patas.

7.

Estou de férias. Tirei quinze dias para escrever.
Olha só a minha dedicação.

Continuo recolhendo coisas, estou jogando tudo dentro de uma caixa, sem ordem, sem pé nem cabeça, escrevendo o que me recordo e jogando tudo nesse repositório absurdo, coisas que imprimi, que escrevi em cadernos, pedaços de guardanapo, rascunhos, e quero crer que daí vá sair algum material para escrever um livro decente. O pessoal da agência sabe que nossa família está no meio dessa enrascada imprevista, mas não sabe que me propus a tocar esse projeto. Me dão esse tempo cheios de pena, claro que é uma barra essa situação em que tu e eu e a mãe, pobre da mãe, essa situação em que nos encontramos não é boa, mas esses dias me permitem parar e escrever o que eu quiser, e escrever para ti, para que talvez a gente sobreviva a esse broto podre que nasceu aí dentro do teu intestino.

É, em parte, um egoísmo tremendo. Tenho feito visitas, eu tento falar contigo, ajudo um pouco a mãe, a levo para lá e para cá, mas a impressão que dá é que eu só quero satisfazer um impulso muito particular de criar essa alguma-coisa. E só para mim, parece que só me diz respeito. Estou te usando porque não sou capaz de criar nada mais original e visceral do que a minha raiva por ti, e isso criamos juntos, aqui vão os créditos, obrigado por ter me incentivado, por ter me dado uma pseudo-história, e nem vem me jogar na cara aquilo que tu já fez por mim. Não me importaria se o senhor enfiasse no cu todas essas desculpas. Eu sempre precisei de muito pouco e, quem sabe, um dia tu entenda isso.

Antes de morrer, de preferência.

Olha por outro lado. É uma declaração de amor. Olha bem, eu continuo escrevendo porque acredito que tenho o impensado e irracional e sobrenatural poder de ajudar a te salvar. Eu não sei de onde vem toda essa minha pretensão, a minha autoestima sempre foi um pequeno desastre. Os velhos traumas não funcionam tão bem agora, é mais difícil sentir alguma autopiedade enquanto escrevo. Sorte tua. Assim, eu sigo.

Acredito com convicção que te impor um desafio, que te fazer ler um livro pela primeira vez, possa te salvar. Uma obrigação para ti, que nunca foi forçado a nada, que nunca te sujeitou à vontade alheia, nem à minha, nem às vontades da mãe, de ninguém, que nunca fez o menor esforço para pensar por meio segundo no que o teu filhinho podia estar precisando ou querendo ou foda-se. Se não te convinha, azar, como se o mundo fosse um procedimento sobre o qual só interferisse a tua opinião, decisão tua atrás de decisão tua, e como foi bom completar certa idade e ao menos perceber os nós, mesmo sem desatá-los por completo.

Uma pergunta, pai.

Uma pergunta que eu nunca te fiz, entre tantas que quero te fazer, uma incapacidade minha, só pode — até agora, e já passo dos trinta, não tive estômago para desancorar esse navio. É fato que me criou submetido à tua sombra, um protótipo, uma versão menor tua, melhor que eu não te supere, que nunca se inverta essa ordem, isso é algo que deve ter na tua cabeça sem jamais ter pensado a respeito, e até a alcunha que escolheu pra mim realça as linhas desse nosso contrato, um fardo de Sísifo esse meu nome que é o teu, nunca o meu próprio, não pude te questionar em relação à escolha, nem em mais nada, tu explodia feito besta se te sentia ameaçado ou percebia a insinuação de qualquer culpa que pudesse ser só tua, pois agora ouso virar a cara à lei que nos rege para te perguntar: que homem tira o filho de uma festinha infantil e arrasta essa criança para um cabaré barato, seu enorme filho da puta?

8.

Nunca fui atrás de informações, mas me soa bastante razoável uma configuração de abuso. Um juiz te incomodaria tanto, e daí talvez eu conseguisse rir. Não raro tento reconstituir a cena: tu, os amigos, vocês todos bebendo cerveja e uísque durante uma tarde inteira, estamos no começo dos anos 1990, cortes de cabelo ridículos, roupas muito coloridas, as crianças brincando, eu entre elas, e de repente algum dos caras tem a brilhante iniciativa: vamos a um puteiro.

Repete comigo: vamos a um puteiro. Deixar a festa, deixar as namoradas, as esposas, não me lembro de quem era o aniversário, disso não me lembro, sequer se era um aniversário, acho que sim, e que era do filho de um amigo teu, mais amigo teu do que da mãe. Naquele círculo dos amigos próximos, todos com apelidos hilários, coisa que orgulhava a turma, a gangue, os caras, de alguns desses apelidos tu carregava a glória da autoria, apelidos que pareciam tirados de um programa de TV ruim. Como vocês se divertiam lembrando a origem daquelas legendas, quanta originalidade tosca, quanta virilidade imbecilizante, que senso de humor patético. E sempre a repetição do relato, a cada churrasco, a cada batizado, a cada jogo de futebol, mesmo que o tempo passe e a pilhéria seja conhecida, os amigos te admirando por associar teu filho à bandalha com sete anos de idade, ou menos, sempre um deleite renovado quando havia alguém diferente, volta e meia a minha apresentação trazia de carona um "sabia que esse aqui já ia a puteiro com seis anos de idade?", foi assim durante a minha infância e adolescência, e até hoje, até hoje me sinto um pouco enjoado de ouvir os teus comparsas achando muito engraçado rememorar aquela expedição.

Do que não me lembro, suponho, mas ainda lembro daquele filme pornô, lembro dos pedaços de carne expostos demais, lembro do gerente do puteiro nos barrando perto da porta, a conversa num tom de cordialidade, o gerente com medo de comprometer a credibilidade do estabelecimento, de dar incomodação, dar problema, uma encrenca com a justiça. Vocês tiveram que ir embora, não me deixaram entrar, quem diria, alguém pensou sobre o assunto, foi o gerente de um puteiro e não o meu pai quem pensou sobre isso, tu e os teus amigos erraram nesse cálculo, que matemática difícil essa a de ponderar se uma criança num lugar como aquele poderia ser algo inadequado, digo em termos legais e não em termos morais, podemos relevar qualquer moralidade aqui porque era uma outra época, porque vocês eram homens, porque era o Brasil, me desculpa por fazer com que todos vocês fossem embora sem comer ninguém, você foram embora sem comer ninguém, sem sequer tomar um chopinho, sem apalpar uma bunda.

A gente volta para o aniversário e eu te entrego e entrego toda a tua patota. Mãe, mãe, a moça colocava o pirulito do tio na boca. Tenho quase certeza que foi exatamente essa a minha escolha de palavras. É certo que não foi por mal, quebrei o pacto masculino tão sagrado, tão absoluto, mas eu devia estar impressionado demais para ficar quieto, para não procurar abrigo num adulto mais confiável como eu achava que a mãe era. O que ela fez com a informação do pirulito, não me lembro, nem da reação das outras namoradas e das outras esposas, nem qual foi a piada que limpou a barra e descontraiu o clima, nem com qual desculpa os caras se livraram. Aí é que está, vocês não precisavam se livrar. Porque homens são assim.

Homens não dão explicações. Para ninguém.

Onde já se viu um guri reclamar de conhecer as putas? Isso é o que acontece quando você tira a focinheira de um poodle fedendo a talco.

9.

Queria que eu fizesse parte do teu mundo, esse universo de libertinagem e devassidão, porque é disso que homem gosta, é de sacanear a mulher, de comer a que estiver pela frente, de correr de carro, de atirar, de jogar futebol, de carne crua, de cerveja gelada, de beber e sair dirigindo, quando bebo, dirijo melhor, eu juro, juro por deus, mulher é que não sabe dirigir, mulher tem que ficar em casa, tem que lavar roupa, tem que nos servir, é para isso que temos as nossas mulheres, e mulher é coisa boa demais e dê um jeito de comer quantas mulheres conseguir, traia a tua mulher se for preciso, e é importante que tu olhe para todas elas, e que mexa com elas na rua, e que comente sobre a bunda e o peito delas, elas foram feitas para isso, elas devem aceitar isso, e são tantas as lições que eu precisaria de dias para recordar e entender de quais escapei e de quais não consegui me livrar. Porque enquanto escrevo, pai, aqui no meu apartamento, Manú está dormindo pelada no sofá da sala, nós transamos há algumas horas, talvez isso te dê certo orgulho, um orgulho que ainda não vi desperto em ti nas outras instâncias da minha vida. Transei com Manú no meu apartamento e talvez tu não vá te lembrar com clareza, possivelmente um reflexo da recuperação da cirurgia da semana passada — a anestesia geral, os talhos na carne, os remédios fortes, as dores pós-operatórias —, mas o nome da minha namorada, pai, a menina que namoro há uns dois anos, não é Manú, mas Roberta.

LISTA DO SUPERMERCADO

Arroz

Batata

Espinafre

Repolho

Tomate

Cebola

Massa

Café

Detergente

Bombril

Escova de dente — 2, da macia

Fio dental — ou fita

Desodorante — em creme

Esponja

Carne crua

Carne

Bunda

boa tem aquela gatinha ali, tá vendo?

Olha, anda, pode olhar. Não me chama de pai.

Olha pra bunda dela. Bunda é a melhor parte da mulher,

isso tu tem que aprender. Não me chama de pai, tá?

Carne moída — patinho ou acém

Peito

é o que não falta pra essa aí, nossa senhora...

É, isso, me chama de teu "mano". Por quê? Ah, não interessa, é legal.

Deixa o carrinho aqui e dá uma volta, te deixo escolher um salgadinho depois. Tu só não sai sozinho daqui. Me espera no caixa da ponta qualquer coisa, aquele de sempre. Já tô indo. Não me chama de pai, me chama de "mano". Pode ir. VAI.

Molho de tomate

Azeite de oliva

Alho

Frios

Sabonete

Papel higiênico

Salgadinho *é tudo a mesma merda.*

Não, não, não, esse é caro.

Esse. Não.

Não.

Não, pega o vermelho.

10.

O que desconhece de mim é maioria. Não sabe que uma das coisas que mais detesto, uma das coisas que mais desprezo em mim, acima da covardia, acima da timidez ou dos defeitos físicos, é a minha incapacidade de ser extremo em qualquer coisa que seja.

Na escola, um bom aluno, nunca o melhor. Na natação, tu deve te lembrar o quanto investi de tempo, o quanto desperdicei a infância nos treinos que me preparavam para, no fundo, ser apenas um rascunho de atleta. Eu não tinha talento para nenhum esporte, era razoável e ponto, mas quantos são os esportistas que não têm nada e que superam essas limitações entregando um pouco mais de espírito onde se esperava um redondo zero, surpreendendo expectativas modestas? Eu nunca tive colhão pra sofrer o suficiente, me faltava sangue, e esporte é isso. Sangue. Sofrimento. Esses clichês. Depois, veio o trabalho, e até pode soar estranho num primeiro momento, porque dá para dizer que eu tenho um certo sucesso, uma carreira mais ou menos consolidada, uns prêmios, essa mania de se autopremiar dessa profissão, e as pessoas com que eu trabalho e os meus clientes costumam gostar daquilo que eu faço; e já se esperou muito de mim e até hoje há quem jogue as expectativas lá em cima. Mas aí, depois de passar por agências de publicidade grandes, depois de ter um cargo alto em uma dessas empresas, estável, um salário acima da média, algumas propostas e poder dizer não, uma autonomia por muitos sonhada, chega a ocasião de dar um passo a mais e ser alguém para valer, de jogar o jogo dos adultos, de buscar um mercado maior como São Paulo, que é lá que as coisas acontecem em propaganda no Brasil, lá é a primeira divisão, enquanto Porto Alegre é jogar em time do interior, ser titular aqui é fácil, e uma agência importante liga querendo conhecer o tal redator aqui de Porto Alegre, e esse sujeito diz que está passando por uma fase de transição (mentira, nada está acontecendo, tem uma namorada recente, o pai ainda não descobriu um câncer, o redator não deve nada a ninguém) e completa afirmando que talvez não seja o momento para uma mudança tão radical, mas muito, muito obrigado pela lembrança, admiro demais o trabalho de vocês, muito obrigado.

Um aluno bom que não estuda para valer, um nadador que não sofre, um redator de publicidade que não tenta jogar o jogo de verdade. E isso é o de menos. Favor incluir no campo dos meus proeminentes quase-lás:

1)
O cabo de guerra interno entre o desprezo e os afetos por um pai que sequer entende o que o seu filho faz para viver, ou seja, jamais consegui atingir nenhuma dessas extremidades, não consegui A) Estabelecer uma relação pai-e-filho realmente plena, dialogada e transparente, com demonstrações de amor e de ódio francas; e B) Quebrar os pratos e mandar o pai e quem mais estivesse junto bem longe nas situações em que esse tipo de comportamento fosse razoável. Em vez disso, lanço mão de expedientes aparentemente complexos e inócuos, como colecionar memórias em textos quase sem sentido numa pasta no desktop de um computador fabricado na China, em uma caixa de papelão socada em um armário, em agendas e blocos de anotações.

2)
As relações interpessoais comprometidas, nunca aprofunda-

das, o que também quer dizer: falta de intimidade com quem quer que seja. Confiança parca com rigorosamente todos. Desprezo por grande parte da população, com destaque para as pessoas que me cercam. Um desejo incontrolável de ficar sozinho e a necessidade de sentir-se parte, estabelecendo assim um paradoxo desconfortável.

3)
As relações envolvendo pessoas do sexo oposto, e é aí que o caldo entorna. É aí que se estabelece algo maior do que essa constante meia-boquice: vemos aqui uma escrotidão sem precedentes da qual não me orgulho nem um pouco, mas da qual também não consigo me ver livre, e uma vez até tentei explicar para uma menina as origens desse comportamento errático, com relatos de infância e tudo, feito um analisado reclamão, um injustiçado, conto do puteiro e elenco de todas as culpas que jogo em ti, pai, como se fosse fazer alguma diferença para ela, mas ela não entendeu.

Tu me ensinou desde muito cedo, me ensinou a conviver com o sexo e a olhar e a mexer com as mulheres, me fez pensar nisso antes da hora, me pediu para não te chamar de pai na rua e assim não comprometer tuas chances com algumas delas; que pretensão a tua, um sujeito casado achar que teria sucesso ao flertar com alguém num supermercado ou numa agência bancária ou num restaurante com o filho pequeno a tiracolo. "Me chama de mano, não me chama de pai". Leu isso? A diferença entre nós, pai, é só uma, e é insignificante porque ela não absolverá nenhum de nós dois, e é uma diferença sutil e enorme, nada e tudo: eu me culpo.

11.

Um pouco, mas me culpo.

Não, não é suficiente, já que do outro lado existem outras pessoas envolvidas. Mulheres que estão longe de ser inocentes ou frágeis. São mulheres nascidas dentro de uma lógica que aos poucos se corrige e dá a elas o que sempre lhes foi negado antes — e a justiça começa a ser feita. Elas têm força e todas as ferramentas. Só que elas não têm como prever puxões de tapete vindos de alguém treinado para convencer as pessoas, um sujeito que se fantasia de bom-partido no século da infidelidade.

A minha identificação contigo ou o meu afeto ou a minha vontade de te satisfazer, de te mostrar que sou capaz de ser o orgulho do papai, o menino treinado em puteiros desde as categorias de base, me induziu a esses tropeços. Troco de namorada, tenho dois ou três casos simultâneos com mais frequência do que essa minha cara de pamonha e o jeito de bom moço possam sugerir, e ainda não consegui constituir família e nisso estou em desvantagem em relação a ti, mesmo que tu tenha sido um pai muito do duvidoso, além de péssimo marido, e olha só para mim: sou coisa melhor do que tu?

Ruim é não aproveitar essa vida de solteiro ou de filho da puta, sequer alardear como um bom macho da nossa escola que comi essa, já comi aquela e, se quisesse, comeria aquela outra. O foda é me envolver, namorar, estar sempre prestes a casar e a viver junto, é nunca esquecer datas importantes, é dar ótimos presentes de aniversário, e daí nunca desfazer uma relação antes de engatar na próxima, e manter vidas paralelas por meses, essa clandestinidade como o mais óbvio dos combustíveis para o sexo, e a mim agrada muito mais o flerte e os joguinhos de conquista do que os atos, que daí já estou morrendo de insegurança. A minha imaginação como defeito, a imaginação que é o que realmente me atrai, tudo o que há de invenção numa troca de mensagens pelo celular, a literatura simplória desses jogos pré-sexuais, um pêndulo de claro-e-escuro, mostrar-e-ocultar, dizer-e-não-dizer, o jeito de induzir, de testar até onde a colega de trabalho vai, ou a ex-colega da faculdade, ou a atendente de um fornecedor da agência, ou a estagiária de um cliente, ou a nova vizinha do prédio, até que ponto uma delas vai dar abertura, qual é o tipo de humor que vai desarmar uma menina até o instante em que a sugestão de uma carona ou de um café ou de um filme se torna aceitável e se escancara uma porta para que o jogo seja disputado até o fim. A menina vai se acostumando com o fato de que eu sou um homem comprometido, e começa a achar que vale a pena se arriscar, só de brincadeira, só para ver como é que é, eu a faço acreditar no que nos convêm, e ela quer dar um passo a mais e o estrago está feito, eu nunca vou querer esse passo maior, e aí há chances de termos não um coraçãozinho destroçado, que não sou para tanto, mas pelo menos um pedaço da juventude de alguém jogada fora, alguém que não tem nada a ver com o lixo da nossa história.

Com Manú, essa menina com quem me encontro de vez em quando, não foi muito diferente. Fui um pouco mais incisivo do que o normal. Um gosto em comum por um determinado tipo de cinema, algumas conversas, links compartilhados despretensiosamente, eu sempre tomando a iniciativa, até que não suporto mais a indiferença dela, Beta é uma namorada bonita e inteligente, mas não suporto não ter uma chance com Manú, e sempre há um pouco disso, um pouco de teste. Depois de meia dúzia de copos de vodca numa sexta-feira em que a Roberta está viajando, eu escrevo num aplicativo de mensagens: "te acho terrivelmente interessante, Manú. Em parte, pelo teu jeito. E o resto, que não é pouco, porque tu é linda." Olha a breguice dessa merda! Por sorte ou por azar, Manú responde, e dá margem, e não demora para que a conversa virtual descambe para um *sexting* vulgar que termina com a promessa de uma chupada no banheiro da empresa em que trabalhamos, quando sou obrigado a perguntar se ela vai deixar eu gozar, *and here comes the pirulito,* e ela promete coisas que me deixam tão curioso que é impossível que eu volte atrás e me arrependa ou tente reverter o processo.

Idealizo isso da conquista, do charme de um encontro furtivo, todas as proibições envolvidas, e quanto maiores forem os obstáculos, melhor. O que não passa de bobagem, primeiro, pelo clichê, e, segundo, porque três ou quatro horas depois de qualquer encontro, eu vou estar remoendo a minha culpa, morrendo de vergonha da Roberta ou da namorada da vez, e nunca tenho coragem de assumir prontamente nada, nunca fui eu quem desfez um relacionamento, nunca fui eu quem tomou a iniciativa de terminar um caso, nunca quis me comprometer; deixo as coisas acontecerem, os encontros ficam tão constantes que se consolidam numa relação doentia. Sempre essa meia-boquice, sempre os pés no raso, e pessoas do outro lado sendo machucadas, uma a uma, traídas pelo meu jeito inocente e pelas declarações de amor que me fazem parecer um amante muito do confiável. Aplausos para mim, obrigado.

ANOTAÇÕES SOBRE O RETORNO

O filho e o pai em uma viagem. O guri está apreensivo. Desconhece a soma ele mais o pai igual a dois.

O carro chacoalha pela *freeway:* um Volkswagen Santana azul-marinho, dois ponto zero, gasolina, duas portas, modelo 1987.

O destino é o litoral, o mais feio que já existiu. Mais feio até que o guri quando se olha no espelho.

É um vento frio e sopra o inverno. Pelas frestas do carro se escuta a distância dos anos e o silêncio daqueles dois.

Uma música de Roy Orbison numa estação FM, ao acaso. Trecho: *I drove all night to get to you / Is that all right?*

Quando o guri e o pai chegam, a grama no pátio está alta. O frio arrepia, mas o gosto de sábado é bom.

O guri quer jogar futebol. O pai quer cortar a grama. Cada um para um lado. Dois hemisférios.

Vem um susto: mamãe não está! Nem mais ninguém. Só o inverno e o frio.

O pai e o guri não costumam fazer esses programas, isso de pai-e-filho, com os hifens e tudo. Estão mais para pontos de interrogação.

Chega a hora de comer. A mãe faz uma falta danada, já que o pai não faz nada. Pelo menos, dessa vez, o pai se esforça.

O pai busca cacetinhos na padaria da próxima esquina. Duzentos gramas de mussarela, cento e cinquenta de presunto e um pote de margarina.

O melhor que o pai consegue preparar: sanduíches. Dos grandes. Para o filho e para ele matarem a fome e, depois, nada de reclamação.

Se está servido no prato, deve-se comer.

Sem desperdícios, nem frescuras. Como um homem de verdade. Dos grandes!

Não fecha a equação fome do guri *versus* tamanho do sanduíche.

As fatias de queijo e de presunto, grossas e oleosas, espremidas, sobrepostas. Escapam do pão cortado ao meio.

O guri acha um nojo aquelas fatias daquele jeito, a margarina em excesso e o pior: o jeito ruidoso com que o pai mastiga e mastiga.

Come! — diz o pai com a boca cheia. — Come, que depois te dou uma Coca. Come, guri, anda, vamos, engole!

Faz o que pode, o guri. O queijo com cheiro de mofo. Saliva, espuma, margarina, baba, tudo virando plasta, tudo virando nojo.

Não passa da garganta. O estômago se revira e arde. Início do retorno.

O guri transborda e é num vômito majestoso. Inunda a boca, o prato, a mesa e o chão com os pedaços de tudo.

O vômito quente fervia dentro do guri e, agora, não ferve mais, derramado, a esfriar espalhado pelos cantos da sala.

Vômito fede à gente do avesso.

Vômitos deveriam ficar guardados para sempre nas ânsias.

O vômito desalinhou aquele falso sossego entre o pai e o filho. Como o mar que da casa podia se ouvir, traiçoeiro, quase os afogou, esse vômito.

E o pai de quatro.

O pai com um pano úmido e um balde tentando reparar o que o filho tinha por dentro.

O pai de quatro limpa o piso, retorce o pano,
retorce o estômago por causa do azedo do filho.

O vômito ácido fez o guri lacrimejar. Mas,
surpresa!, abriu o apetite do seu magro humor.

Ao ver o pai rendido, não conteve um sorriso,
quando inclusive arriscou uma piada.

Ninguém deveria colocar a mão em vômito,
muito menos um homem de verdade como era
o pai, agora virado em uma "Dona Maria, RÁ
RÁ RÁ!".

O pai, quem diria, achou graça da piada.
O guri perdeu o medo (durante a tarde,
pelo menos).

Pouco se sabe sobre a volta. Se sabe apenas que
retornaram.

Foi uma grande mudança. Depois da jornada
esportiva, do AM para o FM.

A mesma música tocou no rádio do carro.

No one can move me the way that you do/
Nothing erases this feeling between me and you/
I drove all night to get to you/Is that all right?

12.

As minhas anotações, as lembranças, estão criando volume. Não tenho processo, ideias claras, faço as coisas às pressas com o tempo que rareou agora que minhas férias terminaram, estou coletando cenas e só, essas coisas que nos aconteceram, essas coisas que aconteceram contigo e nas quais, por acaso, eu me fazia presente.

Não tenho ideia de como estruturar isso em um ensaio ou em uma biografia ou onde quer que seja, não sei como classificar isso que me propus a escrever. Não sou escritor. Talvez o meu maior erro seja idealizar o ato de criar a porcaria de um livro dedicado a ti, em que a algema desse engrandecimento me paralisa.

Agora que tu te acalmou em casa e parece melhorar, confesso, a minha motivação diminuiu. Vem te recuperando bem, ainda que esteja tão quieto e tão emburrado. Dá para entender. Arrancaram-te um pedaço do intestino. Os médicos, eles nos arrancam as tripas sem mais nem menos, um pedaço do meu pai foi parar no lixo orgânico, e nem temos como opinar se era isso mesmo o que precisava ser feito, é uma língua da qual sequer reconhecemos o sotaque. Além do teu repouso forçado desses últimos tempos, o que aflige nossa família é a espera daquilo que os exames de sangue periódicos vão dizer, o que o teu corpo vai nos mostrar. É aguardar e observar como ele reage, como o teu feudo se defende dos bárbaros, como fica a tua cabeça, sempre tão dura e indecifrável para mim, vamos ver como tu te comporta, vamos ver se o câncer retorna ou encolhe de vez, resignado, e não te importuna de novo. Logo tu, sempre indomável, dono de si sob qualquer circunstância, aquele que nunca se esquiva, que nunca dá explicações, que só grita para xingar e mandar, que apenas decide. A dinâmica da minha vida e da vida da mãe foi tu quem decidiu, a dinâmica dos teus negócios, da vida dos teus empregados na firma, de boa parte da tua família, tu foi o deus fajuto que esculpiu em pedra a minha silhueta, que definiu como eu devia me referir a ti em público, que brincadeira eu estava autorizado a fazer, quando a culpa por uma vidraça quebrada em uma festinha com mais de 300 mil crianças era minha ou não, sem nunca checar nenhuma evidência, ditador absoluto de todo o microcosmo infernal que me contém há três décadas.

A doença, pai, pode ser que ela não bote o rabinho entre as pernas como o teu filho sempre fez quando esteve frente a frente contigo, sem nunca te interpelar, sem um esperneio. O que escrevo não passa de um choro reprimido, e só o faço porque não saberia executar de outra forma, tanto que até hoje tu nunca me leu, seja nos gestos ou nas palavras que emudeci, e então escrevo. Contigo, não pude falar. Somos surdos e mudos um do outro, e não sei rastrear a origem desse defeito, apesar da tendência óbvia de te culpar por tudo, como qualquer filho gosta de fazer.

Agora, pai, te pegaram. Tem que aprender na marra. É tu quem espera, tu quem obedece, tu quem escuta, o médico é esse juiz do teu caso, o dono dos teus movimentos nesses dias ruins, e agora obedecer não é mais verbo virgem no teu limitado vocabulário, essa palavrinha eu nunca imaginei na tua caligrafia, tu nunca sentiu o hálito da sujeição, eu não me lembro de te ver tão curvado. E curvado tu fica porque é assim que há de ser, porque prefere ficar vivo por mais tempo, tu sempre paupérrimo nas curiosidades, amante fiel do hábito, defensor incorrigível das rotinas, mesmo um cidadão como tu vai querer viver, não seria a surpresa do câncer e a novidade das demandas médicas que fariam de ti uma espécie menos culpável de suicida. Tu quer mais disso que temos aqui, sabe-se lá o que vem depois, não temos religião, nunca tivemos muito espírito, e vejo que tu sofre não pelas dores físicas, não por medo, nunca deixou à vista nenhum dos teus receios, meu pai não sente medo, meu pai não chora, nunca. Tu sofre é por essa abstinência forçada de poder, castraram a tua autonomia, e chega a ser comovente te ver assim, e é bom te ver em quatro patas diante do inesperado, como naquela viagem que fizemos para Tramandaí, quando enfim tivemos um programa de pai e filho, quando tu me deu um lanche tão grande que eu não consegui engolir, quando eu fiquei tão nervoso que botei tudo para fora, e te chamei de "Maria" ou de "faxineira" ou coisa parecida, o meu barro finalmente (e tão cedo) afundado pelas tuas mãos, eu enformado no patriarcado da família, manifesto ali numa anedota precoce e machista, uma bobagem de criança que só aconteceu pela tua surpreendente disponibilidade em limpar o vômito do chão. Foi tão estranho como é, de novo, por causa da tua doença, poder inspirar com culpa e um tanto de prazer o cheiro azedo da tua derrota.

Todo filho quer que o pai morra. E nenhum filho quer que o pai morra. Quanto tempo leva até o rebote, o ricocheteio da culpa por esse desejo? O pano úmido com o meu vômito continua cheirando no balde, pai. E esse odor ainda é bom.

13.

Quero que tu sobreviva para ler um único livro. O primeiro e último.

Estou escrevendo para ti, para nós. Vejo a Beta pouco, saímos para jantar, vamos ao cinema, mas peço a ela para ficar sozinho mais do que o normal, Beta tem dormido cada vez menos na minha casa, te uso como desculpa, exagero no drama, ela entende e aceita. Não me encontro com Manú, ela não me procura faz dias, eu finjo que não me importo com essa possível rejeição, finjo que nada nunca aconteceu entre nós, trocamos olhares nos corredores da agência, em parte constrangidos e em parte insinuantes, mantemos uma paz armada, voltar aos atos daria muito trabalho, essas coisas despendem muita energia e atenção aos detalhes, acho que tu me entende, acho que tu é versado nesse *métier*.

É assim que vai me sobrando tempo e sigo escrevendo, tentando criar uma rotina entre uma visita e outra na tua casa, agora que tem passado os dias enfurnados, feito uma atração de circo, uma besta aleijada, o calendário inteiro virou aqueles teus domingos de coberta e futebol e pipoca e muito silêncio, uma ode ao nada, ao isolamento, tu me ensinando, pelo cacoete da imitação, a me enfiar para dentro de mim, as nossas portas sempre fechadas, não sei qual de nós desistiu primeiro do outro, e que mal é até hoje não te acessar nem conseguir sair inteiro do casulo que teci na dedução daqueles teus gestos.

Cada vez que me lembro do que passou, esses recortes que agora coleciono em definitivo, desorganizados, esses ressentimentos conferidos em que quase tudo joga contra a tua pessoa, começo a me conformar com a ideia da tua partida. Incomoda ter consciência dessa minha anestesia, essa coisa meio Meursault do *Estrangeiro* (é um livro, pai), mas quando me dou conta, já ando esquecido, me esqueço que o meu pai luta contra a porra de um câncer, me esqueço de ansiar feito um maluco e de roer as unhas, de aguardar aflito um novo parecer que indicará o avanço ou o declínio da doença, como faria um filho bondoso. As minhas unhas estão aqui, pai, todas elas. Me custa admitir isso, mas é verdade, me esqueço de me preocupar, e há outras vezes que vêm calafrios ante a possibilidade de um revés, um abismo que nunca alcançamos, mas que, de um jeito ou de outro, já podemos ver. A operação de remoção do tumor foi bem, vá lá, isso é bobagem, isso de pensar na tua morte não é coisa que a família e os amigos mencionem, não há necessidade de irmos tão longe para nos referirmos às perspectivas dos teus dias.

Temos que esperar, pai. Aprendi a ser paciente à força, curvado aos caprichos da tua agenda e aos solavancos dos teus humores. Quantas vezes tu me esqueceu, quantas vezes prometeu uma brincadeira, um jogo, uma carona, uma visita, uma opinião, uma ajuda que não veio? Não tenho o teu descaramento, esse jeito invocado de bater nas mesas e exigir. Um impaciente tem coragem, um medroso tem imaginação. Falta-te a segunda qualidade, que em mim aparece, enquanto a ti sobram pulso, peito, colhões. E se nos dizem parecidos, me soa a ofensa.

Hoje papai vai morrer. Ou talvez amanhã, não sei.

PIPOCA DE COLHER
(esboço para uma comédia)

Uma suíte. Cama de casal levemente descentralizada para a direita do palco, a cabeceira está voltada para os fundos, de modo que a cama fica de frente para a plateia. Ao lado dela, um móvel pequeno com um abajur. De frente para o público, deitado sozinho na cama, embaixo das cobertas, cabeça recostada em travesseiros, está o PAI (aproximadamente 60 anos, veste camisa de pijama azul-marinho). Ele assiste TV, o aparelho fica rente ao pé da cama de casal (ouvimos ruídos de narrações esportivas e o televisor de tubo emite borrões de luz que refletem no PAI).

No canto esquerdo do palco, há uma porta. Após uns dois minutos, ouve-se três batidas leves. PAI continua assistindo à TV. Ouve-se mais duas batidas.

PAI
(Aponta um controle remoto e troca o canal) Entra!

Entra pela porta o FILHO CRIANÇA (menino, aproximadamente 7 anos, veste um uniforme escolar: calça azul-escuro, camiseta branca e, por cima, um casaco de moletom cinza-mescla).

FILHO CRIANÇA
(Caminha até ficar, de pé, ao lado do PAI) Oi, papai.

PAI
(Continua assistindo à TV, mal desvia os olhos da tela) Hoje não é domingo? Por que você está usando o uniforme do colégio?

FILHO CRIANÇA
Eu gosto de usar o uniforme para estudar. Estou fazendo os temas.

PAI
Você sabe que isso é bobagem, não sabe? O que você quer? Eu estou vendo o jogo.

FILHO CRIANÇA
Jogo do Grêmio?

PAI
Não. Vasco e Itaperuna.

FILHO CRIANÇA
Da onde?

PAI
Campeonato Carioca.

FILHO CRIANÇA
Sabia que o pai do Thiago gosta de ver séries de TV com ele?

PAI
Séries? Eu também gosto de séries: série A, série B, Carioca, Campeonato Italiano, Espanhol... *(ri com sarcasmo)*

FILHO CRIANÇA
(Espera o PAI parar de rir) Papai, você me leva no jogo do Grêmio?

Nesse instante, desce do teto uma corda naval. Ela desce bem devagar, até que sua extremidade para rente ao braço direito do PAI. Ele espera alguns segundos, pensa um pouco, e, de maneira brusca, dá um puxão na corda. De repente, uma grande quantidade de água cai em cima do FILHO CRIANÇA.

PAI

Quem sabe. Vamos ver.

O menino passa as mãos no rosto, chacoalha a cabeça e os braços tentando se enxugar.

FILHO CRIANÇA

(Esfrega um braço, depois o outro) Papai, essa água está muito fria.

PAI

(Sem desviar os olhos da TV) É bom pra você se acostumar.

FILHO CRIANÇA

Mas eu fiz todos os temas de casa, pai. Eu sou um dos melhores alunos da minha sala. Quer ver o meu boletim?

O PAI dá mais um puxão na corda e a criança leva nova ducha.

FILHO CRIANÇA

(Tremendo de frio) É só... que...

PAI

(Interrompendo) Por que eu pago um colégio tão caro? Sua obrigação é essa. Estudar.

FILHO CRIANÇA

(Treme muito) Eu estudo, pai. Eu nunca me meti em confusão na...

Novo puxão na corda, novo banho no FILHO CRIANÇA.

PAI

Com a sua idade, eu metia bronca em todo mundo no recreio, na educação física, na saída da aula. Brigava pra valer. Fui expulso da escola no último ano, sabia?

FILHO CRIANÇA

(Batendo os dentes) Eu... também... faço... aula de... de... natação... Lembra?

PAI

Sabe o que é um boleto bancário? Os boletos do banco me lembram disso todos os meses. Falando em natação...

O PAI puxa novamente a corda, dando mais um banho no FILHO CRIANÇA. Completamente encharcado, tremendo de frio, cabeça abaixada, ele se arrasta em suas roupas empapadas até a porta. Levanta o rosto e olha para o PAI, que continua concentrado no jogo de futebol. FILHO CRIANÇA sai de cena, fechando a porta do quarto com cuidado.

Cerca de dois minutos depois, entra FILHO ADOLESCENTE (jovem de aproximadamente 15 anos. Veste uma bermuda xadrez, camiseta comprida estampada, chinelos, tem a cabeça completamente raspada). Ele fecha a porta ao entrar no quarto, caminha até a lateral da cama, fica em pé ao lado do PAI.

FILHO ADOLESCENTE

E aí, pai.

PAI

(Não desvia os olhos do aparelho de TV) Você de novo?

FILHO ADOLESCENTE
Não tá com calor?

PAI
Não.

FILHO ADOLESCENTE
(Faz um gesto em direção à TV) Futebolzinho?

PAI
Vasco e Itaperuna.

FILHO ADOLESCENTE
(Olhando para a TV) Taça Guanabara?

PAI
É.

O FILHO ADOLESCENTE tira uma folha de papel do bolso de trás da bermuda. Ele desdobra a folha e a segura rente à coxa.

FILHO ADOLESCENTE
Tirei 10 na última redação.

PAI
Hm, parabéns.

FILHO ADOLESCENTE
(Estende o braço em direção ao PAI) Quer dar uma olhada?

Nesse instante, o PAI puxa a corda naval. Uma quantidade significativa de água cai sobre a cabeça do FILHO ADOLESCENTE. O rapaz fica completamente ensopado.

PAI

Hm, agora quero continuar vendo o jogo.

FILHO ADOLESCENTE

(Tenta inutilmente secar a folha, já arruinada) Pai, você acabou com o meu trabalho. Borrou tudo!

PAI

Agora ficou difícil de ler.

FILHO ADOLESCENTE

Poxa, eu tirei 10...

PAI

A professora já deve ter registrado a nota.

FILHO ADOLESCENTE

(Esfrega um braço com a mão livre) Essa água tá fria pra caralho.

O PAI puxa a corda. Novo banho no FILHO ADOLESCENTE. O rapaz se engasga, tosse repetidas vezes.

PAI

Olha o jeito que você fala na minha frente!

FILHO ADOLESCENTE

Desculpa... *(hesita)* Pai?

PAI

(Não desvia os olhos da TV) O que é?

FILHO ADOLESCENTE

(Empolgado) Eu dei dois socos na cara do Guilherme hoje no futebol. Ele até sangrou.

PAI

(Olha para o rapaz) Você anda brigando na escola? E o Guilherme não é seu amigo?

A corda é puxada pelo PAI.

FILHO ADOLESCENTE

(Tentando se recompor após a ducha mais recente) Ele... ele me... me deu uma chegada sem bola.

O PAI puxa a corda novamente.

FILHO ADOLESCENTE

Cacete, não foi você que foi expulso por ter bri...

PAI

(Interrompe, brusco) Não arrume confusão na escola!

FILHO ADOLESCENTE

(Conformado) Tá...

Cerca de trinta segundos se passam. O homem e o rapaz permanecem olhando para a televisão, ambos em silêncio.

FILHO ADOLESCENTE
(Reticente) Eu preciso de um colchão novo pra minha cama. Estou ficando com dor nas costas. Tô tendo problema pra fazer a virada na natação...

A corda é puxada.

FILHO ADOLESCENTE
Porra!

PAI
(Senta-se na cama e olha enfurecido para o filho) Quer apanhar?! Olha o jeito que você fala, cara!

FILHO ADOLESCENTE
(Tosse algumas vezes, olha para os pés e sussurra, como se estivesse pensando alto) Pô, eu tirei a nota mais alta naquela merda...

PAI
(Continua olhando raivoso para FILHO ADOLESCENTE) O que que é?!

FILHO ADOLESCENTE
(Fala bem alto) Nada, nada, nada!

O PAI deita, recostando-se nos travesseiros. Volta a olhar para a televisão.

FILHO ADOLESCENTE
(Titubeante) Pai...

PAI

(Suspira) Pelo amor de deus...

FILHO ADOLESCENTE

Estou namorando uma menina da minha sala. É uma das mais populares da escola.

PAI

Você?

A corda é puxada mais uma vez.

FILHO ADOLESCENTE

(Tosse, treme de frio) É.

PAI

Quem diria...

FILHO ADOLESCENTE

Fiz uns cálculos. Sabia que eu sou titular do revezamento principal do meu clube há dez anos? A gente bateu quatro recordes estaduais nesse...

PAI

(Interrompendo) Muito bom, muito bom.

FILHO ADOLESCENTE

(Tosse profundamente duas ou três vezes) Eu tô morrendo de frio....

PAI

Você pede. Não dá pra andar só de bermuda e camiseta.

FILHO ADOLESCENTE
E o colchão? Será que...

PAI
Depois, a gente conversa. Deixa eu ver o jogo.

O PAI puxa a corda. O FILHO ADOLESCENTE está completamente encharcado. Ele coloca as mãos no joelho, ofegante, tosse muito. Aos poucos, se recompõe. Vai se retirando até ser interrompido.

PAI
Pode deixar a redação aí. Eu dou uma olhada depois.

FILHO ADOLESCENTE volta e coloca a maçaroca empapada que se tornou aquela folha de papel ao lado do abajur. O trabalho virou uma bolinha molhada e desforme. Em seguida, o rapaz vai até a porta e sai de cena, fechando a porta atrás de si.

Minutos depois, entra o FILHO ADULTO (aproximadamente 22 anos, barba por fazer. Ele veste jeans, um tricô listrado com gola V e All Star preto de cano alto). Fecha a porta do quarto ao entrar e caminha até a lateral da cama. O FILHO ADULTO tenta evitar as poças de água do chão do quarto, sem grande sucesso.

FILHO ADULTO
Que molhaçada é essa?

PAI
Acho que estamos com algum problema aqui em casa.

FILHO ADULTO
Você acha?

PAI
É... Tá parecendo.

FILHO ADULTO
Pai, olha só. Eu vou ter que usar óculos. Você podia me ajudar com um dinheiro para comprar os óculos?

O PAI puxa a corda naval. FILHO ADULTO fica encharcado. Ele passa a mão no rosto, limpando a água.

PAI
Por quê? Você não trabalha?

FILHO ADULTO
Sim. Mas você não pode me ajudar?

O PAI puxa a corda. Novo banho.

PAI
Acho melhor não.

FILHO ADULTO
Essa água tá fria.

PAI
É bom pro coração.

FILHO ADULTO
Tá bem fria.

PAI

Você deu uma engordadinha desde que parou de nadar.

FILHO ADULTO

Prioridades. Agora, eu trabalho. Não dá tempo de treinar.

PAI

Então pague pelos seus óculos.

O PAI puxa a corda.

FILHO ADULTO

Sabia que eu *(limpa o rosto com as mãos)* fui o redator mais premiado lá da agência esse ano?

PAI

Redator? É *redator* o que você é?

A corda é puxada.

FILHO ADULTO

(Ofegante) Você... não sabia disso?

PAI

Acho que me esqueci.

FILHO ADULTO

Estou comendo duas colegas do trabalho.

PAI finalmente desvia os olhos da TV e encara o FILHO ADULTO. Alguns segundos de silêncio se passam.

FILHO ADULTO
Uma não sabe da outra. E eu tenho uma namorada há um ano, a Fernanda.

PAI
Você enlouqueceu?

FILHO ADULTO
Por quê?

PAI
Isso não é coisa que se faça.

O PAI puxa a corda.

FILHO ADULTO
Que inferno! *(Enxuga os olhos, joga os cabelos molhados para trás)* Isso o quê?

PAI
Você sabe do que eu estou falando.

Novo puxão na corda.

FILHO ADULTO
Caralho! *(Limpa os olhos, chacoalha os braços na tentativa de secar-se. Fica nervoso, começa a falar mais rápido)* Comi uma no carro, no estacionamento, hoje pela manhã. A outra, no horário do almoço. Que sequência! O que você acha?

A corda é puxada.

PAI

(Nervoso) Não sei por que você está me contando isso.

FILHO ADULTO

E depois vou pra casa dos pais da Fernanda e vou comer a Fernanda também. Aprendi com o mestre, não aprendi... mestre? Três mulheres em menos de 48 horas! Recorde mundial!

A corda é puxada novamente.

PAI

(Exalta-se mais) Sua namorada merece respeito!

FILHO ADULTO tira o tricô e o joga no chão com raiva. Está usando uma camiseta branca por baixo, já toda empapada.

FILHO ADULTO

(Começa a tremer nervosamente. Grita) E a minha mãe? Ela não merecia respeito? E a minha mãe?! E a minha mãe?!

O PAI senta na cama e olha enfurecido para o FILHO ADULTO. Puxa a corda de novo.

PAI

(Grita) Cala a boca, seu idiota!

FILHO ADULTO despenca de joelhos no chão encharcado. Começa a chorar alto.

PAI

(Ofegante, aponta o dedo indicador) Nunca mais você me desafia!

Nunca mais, ouviu bem?

FILHO ADULTO chora sem parar. A iluminação do palco diminui. PAI acende o abajur ao lado da cama. Aos poucos, FILHO ADULTO se acalma, mas segue tremendo de frio. Permanece ajoelhado. O PAI espera, sem deixar de observá-lo.

FILHO ADULTO

Tive um sonho, pai. *(Fala baixo, choroso)* Minha namorada estava grávida. Acho que não era a Fernanda. Não sei quem era, não importa, era a minha esposa ou algo assim. Grávida. Era o dia do parto, todos estavam no hospital: a mãe, o vô, a vó, meus tios, os seus irmãos, todo mundo. Menos você. Só o meu pai não estava presente no momento do nascimento do meu filho, eu não conseguia entender o motivo, mas eu tinha tantas outras preocupações naquela hora... Todos nos cumprimentaram cheios de esperança quando eu passei com a mulher na maca, indo pra sala de parto. Nós entramos, o médico já nos esperava, os enfermeiros... Tudo era branco, tudo era asséptico. Intocável. Foi rápido. A minha mulher fez muita, muita força para o bebê nascer. E ele nasceu. Foi muito assustador, porque na hora em que o médico levantou a criança pelas perninhas finas e sanguinolentas, ela não chorava. A criança não emitia som algum depois de nascer. Morreu? Morreu?! Meu filho morreu?! *(Respira fundo. Alguns segundos depois, volta ao texto)* Não. O bebê começou a espernear, muito arredio, o corpinho emplastado de sangue, e eu estava tão emocionado que não conseguia enxergar nada, não enxergava nada direito. Enrolaram o bebê num cobertor branco e, finalmente, me entregaram. Quando o peguei no colo, quando me recuperei um pouco e limpei os meus olhos, aí eu pude ver... O bebê era

um monstro! Meu filho era deformado... *(Fica em pé)* Deformado, um serzinho bizarro. Sabe por quê? Quer saber por quê?!
(Respira fundo) O bebê tinha o seu rosto. A sua cabeça. Entendeu? Você me entendeu? Ele era você! *(Gargalha efusivamente)* O
bebê era você, pai. E sabe o que foi que eu pensei quando me
dei conta disso?

*Com a mão direita, FILHO ADULTO busca algo às costas, por baixo da
camiseta: é uma pistola. Ele a aponta para o PAI, que se assusta e levanta
as mãos espalmadas.*

FILHO ADULTO
Eu pensei apenas... Quem é que precisa de quem agora, seu
canalha?

*Cresce uma trilha orquestrada. Ataques de violino criam uma
atmosfera tensa.*

PAI
(Nervoso) O que é isso?!

FILHO ADULTO
Uma vida inteira pela frente com as posições trocadas. Já
imaginou?

PAI
Você está ficando...

FILHO ADULTO
(Interrompe apontando a arma com mais incisão) Quem depende
de quem agora? *(Grita)* Me responde! Quem depende de
quem agora?!

PAI

(Grita) Não estou entendendo nada que você está falando!

FILHO ADULTO

(Grita) É claro que não! Você nunca entende, seu analfabeto filho da puta!

O PAI põe a mão na corda, mas, antes de puxar, é interrompido pelo FILHO ADULTO, que dá um passo à frente. Sua postura é mais ameaçadora. PAI permanece imóvel, segurando a corda.

FILHO ADULTO

Nada do que você faz tem sentido. Nada disso tem sentido, esse apartamento não tem goteiras coisa nenhuma. Eu... eu odeio você. Você... você come pipoca de colher. Você usa uma colher... para comer pipoca! Você é a única pessoa do mundo capaz de uma idiotice como essa!

PAI

Você é um ingrato, um bosta de um gurizote. Você me deve tudo, tudo, tudo, tudo!

FILHO ADULTO

Você é mesquinho.

PAI

Eu te dei um autorama de 500 reais. Com os juros isso...

FILHO ADULTO

(Interrompe) Não é possível. Vai pra casa de um caralho!

PAI

Vá se foder!

FILHO ADULTO

(Tremendo, muito nervoso) O que foi que você disse?!

PAI

(Grita) Vá pra puta que o pariu!

A trilha cresce até ficar ensurdecedora. FILHO ADULTO, enfim, aperta o gatilho. Por reflexo, o PAI se atira para trás na cama.

Um jato de água é disparado da pistola, acertando em cheio no rosto do PAI. A trilha cessa.

FILHO ADULTO

(Ri alto, sarcástico) Calma, pai... Pode ficar calmo. *(Guarda a pistola no bolso da calça)* É só mais um pouco de água.

CORTINA

DÚVIDAS FREQUENTES

Um homem pode demonstrar afeto?

Com parcimônia. Depende muito do público ao redor, da ocasião, da idade do homem.

Um homem pode demonstrar fragilidades?

Pode, porque um homem não as sente. Essa pergunta não faz sentido, portanto.

Ela é bastante comum hoje em dia e pode induzir o homem a desviar da sua verdade.

Um homem deve respeitar as leis?

Algumas dessas leis devem ser filtradas. O homem precisa dessa liberdade para fazer coisas que o convém, para experimentar coisas novas ou coisas que ele queira apresentar ao seu filho, por exemplo.

Com quantos anos um homem deve ser apresentado ao sexo?

Poucos.

14.

Faz tempo que te abandonei, pai. Te vejo pouco. Vai lembrar da minha última visita? A cerimônia habitual e constrangedora da nossa troca de beijos no rosto, tu na cama, a TV ligada, outra cena corriqueira, pergunto "e aí, como está te sentindo", e tu parece resignado, não consigo entender se é um medo inédito, se é teu desejo de mais uma vez permanecer sozinho, se fica revoltado com a má sorte que empalideceu tua vida. Essa indiferença que torna imprevisível qualquer uma das tuas ações sempre acabou comigo, não é de hoje. "Tudo bem, estou me sentindo melhor", tu me responde, sem desviar os olhos do noticiário, pergunta como está a Roberta, comenta sobre a pré-temporada do Grêmio, a mais tranquila dos últimos anos, o time vencedor de novo. Tu me convida burocraticamente para a janta, a mãe na cozinha cheia das atenções com a tua nova dieta, isso deve ser uma merda de se adaptar, perder o gosto de tudo, o apetite submisso aos sádicos mandatos médicos. Eu não fico, digo que tenho que sair, que tenho que voltar para o trabalho e revisar uma campanha que vai para o ar até o fim da semana, acho que tu nem dá muita bola, não, e eu não me lembro se era verdade ou se eu apenas preferi escapar dos silêncios que nos ocupariam ao redor da mesa da cozinha, quando a mãe serviria uma sopa, uma espécie de papinha de criança, e um tipo de luto se abateria sobre nós, a vergonha entristecida de estarmos obrigados, por tua causa, a dividir uma refeição tão sem graça.

15.

Às vezes, feito um *tourette*, me surpreendo falando em voz alta uma palavra solta, frases de efeito de um comercial que escrevi, a fala de um filme famoso, uma gíria da moda, bordões de um narrador esportivo, trechos de uma música que gosto ou de canções que detesto, esses estribilhos populares e pegajosos que eu, arrogante, penso nunca me dizerem respeito. Falo em voz alta e sem mais nem menos para tentar abafar o som da minha memória, uma algaravia provocada pelas cordas de uma teia de constrangimentos.

Por exemplo: *a mentira que eu disse para uma namorada*, vou ficar trabalhando até tarde nesta sexta-feira, Beta, é, é verdade, é uma pena... Pronto. Agora, rumo ao apartamento de uma desconhecida. *Um e-mail reencaminhado* quase sem modificações para a próxima menina, e para a próxima, o conteúdo fazia sentido para elas todas, sempre a previsibilidade do enredo: uma paixão paralela e descabida, mas irrefreável. Ou *a vez em que invadi um banheiro feminino* atrás da menina que aparentemente me deu mole numa festa, um rascunho de abusador que força um beijo dentro da cabine do banheiro da boate sem pensar muito nas consequências.

A vergonha é sonora, pai, e preciso tentar abafar aquilo que já deveria ter escutado ou aquilo que cedo ou tarde alguém vai me jogar na cara. Porque é sorte que tanta coisa fique submersa. Não seria nada surpreendente se eu me afogasse nesse lamaçal de irresponsabilidade, abusos e desrespeito. Agora é fácil bancar o analisado reclamão, o escritorzinho frustrado e plangente, mártir de uma causa própria, o herói empunhando uma bandeira esfarrapada e egoísta que não interessa a mais ninguém. Agora é fácil responsabilizar o meu pai, quando fui eu, sozinho, adulto e independente, quem meteu o pé na porta daquele banheiro fedendo a cigarro, a cerveja e a mijo, fui eu quem meteu os pés pelas mãos.

As lembranças dessa cantilena sem início-meio-e-fim, tudo vai funcionando numa narrativa desorganizada, uns desamparos que catalogo nessa carta, e quem é que escreve uma carta hoje em dia, pai? Quem? A memória a gente não doma, só dá para preencher as lacunas quando há disposição suficiente para isso, e o meu esforço não é pequeno, repare nas coisas que venho tentando te dizer, remendar e pôr de pé, como se fosse um autor autêntico da minha própria memória, como se dela fosse possível traçar um mapa proporcional, confiável e riscado a nanquim, exato e discernível, quando, para falar bem a verdade, o que eu sinto quase sempre é isso, eu sinto umas manchas e uns borrões.

16.

Não é uma carta, pai, é um catálogo de ressentimentos, um compêndio dessas bizarrices a que fui submetido por tua causa ou graças a ti ou junto contigo, uma vida conspurcada por jamais ter conseguido escapar da tua sombra. Lembro e escrevo e aí sinto de novo, sinto e ressinto, inventariando a nossa história ao meu gosto, espremendo o suco de ingratidão desse fruto apodrecido que caiu perto do teu pé.

Ainda que eu tenha a convicção de que, pra ti, tudo aqui seja novidade. Mesmo que os episódios sejam fáceis de recordar, porque, de tão banais, foram importantes para mim. Como o vômito na praia (porque nunca mais viajamos ou estivemos a sós por simples prazer); ou o meu primeiro treino de futebol ali no ginásio da Silva Jardim (porque tu foi o único comentarista do meu fracasso, o torcedor mais implacável de que já se teve notícia); ou o puteiro (porque foi dantesco); ou aquela sacanagem que fez eu me estatelar no abajur (porque é uma cena muito da patética e outra das tuas piadas recorrentes).

Lembra, pai?

Essas cicatrizes aqui têm dono, marcas diferentes daquelas que os médicos lancetaram na tua carne, mas não menos reais. Elas são minhas e azar o teu se as chafurdo e as altero e as exagero ao determinar, despótico, que minha necessidade mais premente nesse momento difícil da tua saúde é essa mesma, é escancarar as feridas.

Catalogar é sentir em dobro, reconstituir trivialidades que passaram despercebidas como um bocejo, quadrados incólumes nos teus velhos calendários.

Para mim, pai, dias que mordem.

17.

Começou a chover. Ele já vinha fazendo o final de semana perfeito e vê a bandeira quadriculada antes de todos os outros. Assim que cruza a linha de chegada, o carro para e ele quase desmaia pela estafa depois de umas vinte voltas em que precisou domar no pelo, no braço, um pégaso dos diabos, a fórmula mais potente do mundo sem todas as marchas à disposição. Parecia que nunca iria acontecer, ele completa a última volta e vence e aí tu toma um banho de cerveja que alguém jogou pelos ares, tu vira na cara um resto de cerveja morna de um copo plástico com o logotipo da Marlboro, tu urra de felicidade, ninguém se importa com os banhos de bebida, com o banho de chuva, com a lama nos sapatos e nas calças, o autódromo inteiro foi à loucura, um narrador reitera aos berros, pelos autofalantes de Interlagos, o que acabou de acontecer, e aconteceu, Ayrton Senna faturou essa, Ayrton Senna finalmente ganhou um GP dentro de casa. Tu cumprimenta os teus amigos, toda a patota que viajou junta, os caras se abraçam extasiados com o desenlace dramático dos fatos, ninguém dá bola para nada que não seja a celebração, a adoração justificada ao meu herói de infância em plena forma, um herói criado pela maior emissora de TV do Brasil, um deus que surge na seiva do desamparo histórico do nosso povo, no caldo dessa carência aguda dos brasileiros, um cara sem dúvida talentoso para pilotar, mas também para criar uma imagem, o melhor em um esporte ao qual fui introduzido por ti, outro terreno fértil masculino, outra dessas rinhas de homens, e o que custava ter me levado junto para São Paulo e não ter me deixado em Porto Alegre, teria muito significado ver aquela corrida e estar ali do teu lado, viver junto uma catarse nacional e me aproximar um pouco de ti, e não me importa que essa lembrança seja algo bem próximo da quintessência dos problemas de primeiro mundo, um choro da donzela que tem tudo em seu reino e perde um brinco de pérola, não me importa nem um pouco, não me importa mesmo, pai, porque eu só queria o que me era de direito, dava tempo àquela época e esse é só mais um de tantos exemplos, eu só queria o meu pai.

18.

Do outro lado da tela escura do confessionário, o padre me disse: "endeusa o teu pai, rapaz, o teu pai todo-poderoso, sinta-se culpado pela petulância de cogitar a derrocada do teu progenitor, esse homem que te forjou nas próprias bolas, que te deu as melhores oportunidades, sua criança birrenta, que te disciplinou quando o mais fácil era te mandar para longe com as fraldas de pano pesadas. O que pensa que um pai é? Uma florzinha amarela do campo prestes a se abrir para ti, seu completo e sensível estulto? Sabe quantas mulheres me procuram todos os dias para pedir um auxílio, os filhos esquálidos pendurados nas barras das saias, rigorosamente todos abandonados pelos pais? O que foi exatamente que o teu fez? Acredita que a tua autorização é ilimitada para continuar mamando nas tetas desse ódio óbvio e romantizado?" E quando o padre estava indo fazer mais uma dessas sutis e agradabilíssimas recomendações, Beta me chacoalhou para me acordar, disse que eu estava falando alto, balbuciando um negócio esquisito, ininteligível e, rindo, Beta me disse que parecia uma oração.

jú.ni.or *adj.* *s.m.* [Pl.: juniores (ô)] **1** Diz-se de pessoa que é mais jovem em relação a.outra [É us. com inicial maiúsc. posposto a um antropônimo (por extenso ou com a forma abreviada *Jr.*) para indicar que aquele é o mais jovem de dois parentes homônimos, ger. pai e filho]; posposto a um nome comum, ao qual pode se unir ou não por hífen, significa 'em categoria inferior devido à idade ou experiência'. **2** Que ou aquele que é iniciante em determinada profissão ou atividade; que ou aquele que ingressou há pouco tempo em ramo profissional ou empresa. **3** Denominação que se dá a algo ou alguém, como epíteto, como extensão ou substituição de sua designação comum, de seu nome próprio etc. **4** Diz-se de quem está aprendendo uma atividade ou se encontra no início *(redator júnior, residente júnior, gerente júnior).* **5** Que ou aquele que, em relação a outrem, é iniciante, principiante em determinada atividade esportiva; participante de uma categoria de concorrentes mais moços. **6** Pequeno, diminuto. **7** Menor do que alguém ou do que algo em determinado critério classificatório ou organizatório – ger. de acordo com faixa-etária, dimensão ou importância. **8** Apelido supostamente carinhoso para os mais novos. **9** Bras. Fig. Pop. Pueril, ingênuo. **10** Que desconhece as coisas da vida. **11** Que sabe menos do que os mais velhos e, portanto, deve se manter calado. **12** Epíteto desprovido de qualquer traço imaginativo. **13** Apodo comumente depreciativo, dado a alguém, com o objetivo de abaular o ego (Psi.) de seu autor (ger. o pai). **14** Complemento nominal indispensável quando da tentativa de supressão das nominações maternas na elaboração de qualquer documentação civil. **15** Tipo de homenagem que o próprio realizador/portador não escolheu realizar. **16** Preito ególatra determinado pelo próprio homenageado. **17** Carma com registro em cartório. **18** Maldição amparada por lei. **19** Grilhão paterno. **20** Imprecação familiar. **21** Alcunha segundo a qual um menino estará sujeito ao princípio de causalidade moral para todo o sempre, e portanto as suas ações, mesmo após tormar-se homem, ele desejando ou não, e sejam elas boas ou más, produzirão reações correlacionadas a um histórico paterno anterior. **22** Parte explícita e inalterável da constituição mais íntima de um homem, forjada em seu passado, inalterável, e utilizada nas desculpas de equívocos do presente. **23** Aquele que não tem nome. **24** Aquele que não é tão inteligente, que não é tão bom jogador de futebol, que não é tão bem-sucedido com caracteres femininos, que não é tão astuto ou desenvolto, que não é tão valente quanto um mais velho (ger. o pai). **25** Mal agouro formalizado. **26** Adj. de 2 gêneros que, quando utilizado como nome próprio, adquire ares de facécia (nas chamadas escolares, um deleite). **27** Suposto nome próprio cuja inicial pode ser grafada em letra minúscula e o processador de texto sequer irá sugerir correção. **GRAM** Muito mais adjetivo (descrição) do que substantivo (sujeito). **ANT** sênior; ou ele: o pai.

19.

Não, não sou incluído. Não vou estar nos exames de sangue de três em três meses, não fui comunicado sobre as consultas. Para ser generoso contigo, vou deduzir que tu quer me proteger. Prefere não correr o risco de ver o médico descortinando terríveis notícias a teu respeito na minha frente. Afinal, sou o teu filho único e querido, certo? Um filho que não merece passar pelo pântano dessa enfermidade sem cura. Poxa vida.

Que injustiça, essa doença é maior do que séculos de ciência, e agora vem essa responsabilidade sobre ti, que ingrata tarefa, pai, ter de ser, a pleno, aquilo tudo que durante a vida inteira apregoaram os teus jeitos de levar as nossas coisas, e as coisas da mãe, sempre aos bramidos, do alto de um púlpito de cólera, sempre invencível e irrepreensível, muito mais valente do que esse teu apêndice, a tua eterna abreviatura, o teu filho.

Não é que eu não faça falta, que eu seja desimportante, que eu já não seja um homem com condição de segurar as pontas lá em casa, se for preciso. Dar conta de uma expectativa que aos poucos vem mordiscar os meus calcanhares, isso de levar nas costas — ou na cabeça do pau — o peso de fazer progredir a nossa dinastia, que o nosso sobrenome siga adiante sem interrupções, porque estou pronto, não vai ser fácil, mas estou pronto.

Nada disso.

Eu não sou convocado para ir ao médico junto contigo, mal sou avisado, por essa proteção. Um mecanismo banal, muito antigo, para poupar as crianças do mau tempo. Que eu ainda sou uma mera criança parcialmente informada, não sou? As crianças nunca sabem do que se passa. Só assim elas brincam. O baile segue, portanto: ligue o computador e vá brincar. Vá brincar de colecionar rancores por escrito.

Esse que é um jeito de ver. Mas posso emendar outro raciocínio e te dizer apenas que:

CRIANÇA PARCIALMENTE INFORMADA
É A PUTA QUE O PARIU!

Eu acabei de desligar o telefone.

Era a mãe. A consulta de hoje acabou faz umas horas, pelo que ela me disse. Vocês já estão em casa, pelo que ela me disse. E, pelo que ela me disse, alguns diagnósticos não são chegados a amenidades.

20.

Sempre esses poréns, esses parênteses e entre-vírgulas dos médicos, notícias ruins que poderiam ser trágicas, notícias aceitáveis que poderiam ser ótimas, nada funciona como gostaríamos, nem são previsões definitivas, sejam elas quais forem. Descobrimos que há esse foco do câncer que persiste. Possivelmente, o tratamento vá dar conta. Não haverá outra cirurgia. Até segunda ordem.

Pela frente, cinco sessões de quimioterapia.

O doutor está cauteloso, mas confiante, é o que deduzo. Eu fico à margem, entendo o teu pedido velado por esse acompanhamento à distância, parece sentir vergonha por ser mortal, e outra vez tenho que aceitar o teu *modus operandi*, uma conformação redundante a minha, é o de sempre, é como sempre foi, mesmo que eu entenda que cada um procede de um jeito quando o primeiro gancho de um oponente mais forte vaza a guarda, quando a dor ganha cheiro e textura, quando é preciso agendar dias de veneno, um veneno que deve ir direto para dentro do corpo e com certeza irá macular as entranhas e irá deslustrar o viço da pele e irá roubar o gosto de tudo para talvez e só talvez botar o monstro pra dormir. Entendo que cada um reage de uma forma quando a morte põe os pés embarrados no capacho de casa e diz "Oi, sou eu, sim, eu mesma".

Pai, faz o que tu quiser. Quando foi diferente disso?

Resta torcer. Estamos juntos. Vamos para dentro, vamos arrasar com essa doença infeliz. Quem sabe agora? A gente que nunca teve nenhum grito de guerra, a gente que nunca deu as mãos e botou junto alguma banca nem comprou uma briga em dupla, a gente que nunca, nunca, nunca. Como o médico disse, podia ser melhor, mas também podia ser pior. Podia ser melhor, mas podia ser pior. Fala de nós, não acha? Um refrão nosso. Essa meia-bomba, pai e filho nesse eterno pão-de-ontem, quem sabe agora não reunimos forças pra terminar com essa história modorrenta? Fria ou não, essa é a sopa que a gente sorve há um bocado de tempo. Tenho que escrever, apressar essas anotações dos nossos dias, preciso acontecer em ti, mais urgente do que um tumor, mais rápido do que a perspectiva desse bicho que expande e encolhe, que uiva e hiberna, que vai e volta, vai e volta feito repuxo.

21.

Tu voltava do trabalho, as tuas chaves tilintavam no corredor e eu disparava para a porta como se fosse encontrar algo fascinante e inaudito — olha o tamanho que um pai tem, o meu pai tinha a importância de um oceano. Eu corria para os teus braços sem saber se o teu dia havia sido bom nem quais seriam as marés do teu temperamento, se me receberia de modo protocolar ou com um pouco de afeto ou com aqueles transbordamentos de impaciência que não precisavam mais do que uma gota. As algemas da rotina te imobilizavam e aí me restava abraçar o vazio. E no outro dia, tu saía de novo, sempre trabalhador, sempre disciplinado, numa incessante busca por riqueza, o assunto do dinheiro sempre tão importante lá em casa, lá se ia o meu pai antes da minha hora de acordar, antes de eu sair e esperar o ônibus para a escola com os olhos toldados de sono e remela.

Não, não, agora eu sei, tudo bem ser assim. Mas volta no tempo, pai, e tenta explicar a um fedelho tanto desencontro.

Não é por já saber onde ele está, de nada importa eu saber do que ele é capaz, não é por ter a plena consciência de que ele não irá secar tão cedo que o mar vai deixar de ser impetuoso, que o mar vai deixar de ser imprevisível, que o mar vai deixar de ser mar.

NO ESPELHO
(roteiro para um livro infantil)

Uma alegria é quase uma alergia,
só que dá coceira por dentro.

Quando o menino lembrava do pai,
ficava tão alegre que o seu coração
não parava de espirrar.

♦ ♦ ♦

O problema é que, às vezes,
era um tipo de coceira ruim que coçava assim, sem avisar.
Aquela ardência chata que dá nos olhos
depois que a gente chora.
Mas por que chorava o pequeno?

♦ ♦ ♦

Chorava de saudade do pai,
que havia saído do povoado para navegar.
O pai buscava um tesouro enterrado
numa ilha distante dali...
Coisa de piratas.

♦ ♦ ♦

O pai do menino era pescador,
um homem do mar.
No mar, tem água com sal.
No rosto do menino, apertava-se a saudade,
lágrimas salgadas.

Tudo, cedo ou tarde, era sal?
Sal de saudade.

♦ ♦ ♦

O menino perguntava para o Sr. Frantz,
da mercearia, quando que o pai iria voltar.

"Calma. Ele volta já!",
dizia o Sr. Frantz, impaciente.
E emendava:
"Você é a cara do seu pai, rapaz!".

♦ ♦ ♦

Na escola, o menino levantava o braço
e fazia a mesma pergunta.

A Professora Marlise:
"Pensei que queria saber algo sobre a matéria!".
E também dizia: "Puxa, você se parece muito
com o seu pai...".

♦ ♦ ♦

A todos do povoado, interrogações:
"quando é que o meu pai volta?!".

E cada um respondia que resposta para isso não tinha,
mas que o menino estava cada vez mais parecido com o pai,
ah, isso sim!

♦ ♦ ♦

Daí que o menino teve uma ideia.

Ele refletiu:
"Se todo mundo diz que sou parecido com o meu pai,
tem jeito de diminuir essa saudade...".
E logo saiu numa correria até a penteadeira da mãe.

Na terceira gaveta de cima para baixo,
o menino sabia,
a mãe guardava um pequeno espelho.

♦ ♦ ♦

"A partir de agora,
tudo acontece aqui dentro!",
bradou o menino
com o espelho nas mãos.

♦ ♦ ♦

E ele seguiu empolgado:

"sou igual ao meu pai.
*Num espelho, não me vejo só.
Vejo papai também!".*

◆ ◆ ◆

Eis a brilhante idéia,
viver a olhar para o espelho.

Era melhor do que a fotografia — que o menino nem tinha.

Era o rosto do pai
frente a frente com o dele.

◆ ◆ ◆

Esse espelho, o menino não largava.
Pensava em carregar o pai para todo lado.
Na escola, na mercearia,
nas brincadeiras da praia.
Se o vento soprava uma saudade,
era pegar o espelho e encontrar:
os olhos do filho num encontro
com os olhos do pai.

◆ ◆ ◆

"O senhor demora?"
"Achou o tesouro?"
"Sente minha falta?"
"Como é o mar aí onde a gente não alcança?"
Um menino inundado de perguntas,
mas, no espelho, o pai só imitava.

◆ ◆ ◆

E não é que era bom?
Só de ouvir a voz do pai,
que o garoto já andava achando
parecida com a sua, ele transbordava.

◆ ◆ ◆

"Hoje, rodei pião."
"Fiz tarefa da escola."
"Comprei açúcar no Sr. Frantz."
"Ajudei mamãe a fazer doce."

◆ ◆ ◆

O menino contava o que fazia
para o espelho todo santo dia.
Para o espelho, não! Para o pai.
E assim a vida ia num indo menos salgado.

◆ ◆ ◆

Uma tarde, ele estava de novo na praia,
e o sol já se despedia na esquina do oceano.
Sol e menino tinham que dormir.
O pequeno deu as costas para o mar.
Foi por causa disso que não viu a vela azul-marinho
arranhando o céu.
Não viu o barco rasgando as ondas,
o barco todo quando roçou na areia.

◆ ◆ ◆

O menino parou por um segundo.
Outra vez queria enxergar o pai.
"Que saudade," ele pensou, o espelho na mão.
Mas aí, de repente,
algo novo aconteceu ali dentro.
O pai do menino, sempre um só,
dobrou-se em reflexos.

◆ ◆ ◆

Dois pais contidos
na mesma moldura.
Um era enrugado,
tinha barba grossa e os cabelos molhados.
Este aí, sorria um sorriso de pérolas.
O outro, mais novo, arregalou
uns olhos de lua cheia.

◆ ◆ ◆

O menino recolheu o espelho.
Se virou e entendeu tudo.
Não eram dois reflexos.
Ele enxergava já o que sempre quis ver:
seu pai de verdade!

O seu pai em carne e osso e sal d'água do mar.

♦ ♦ ♦

"Voltei, meu filho!",
disse o pai.

"Esperei tanto por você, papai!",
disse o menino. "Achou o tesouro?"

"Ainda não..."

E eles se deram um abraço forte.
Forte como o mar.

♦ ♦ ♦

O menino deixou o espelho de lado.
Devolveu-o à sua mãe e...

ATCHIM!
O seu coração não parava de espirrar.

♦ ♦ ♦

Era alegria.
Aquela alergia boa que,
conforme as marés da vida,
a gente sente por dentro.
E dê-lhe festa no povoado!

♦ ♦ ♦

E não é que, no outro dia,
já era um outro sopro de vento?
Antes do sol pinicar os olhos dos madrugadores,
o pai do menino voltava para a água...

♦ ♦ ♦

Teimoso, queria porque queria o seu tesouro.

Mal sabia ele que, no interior do seu barco,

um monstro do mar havia penetrado em meio à noite festiva.

♦ ♦ ♦

E lá se foi de novo o pai do menino.

A navegar no desconhecido do oceano,

com o inimigo por dentro.

♦ ♦ ♦

Sempre a divagar,

o menino fica

à deriva de um sonho alheio.

Decerto, em frente

a um espelho.

♦ Fim ♦

22.

Sujeito aos cacoetes da tua matriz, eu me deformo com o tempo: a causa da minha raiva se transforma nos meus exatos procedimentos. Feito um reflexo no espelho, diametralmente invertido, mas essencialmente igual. Um cabo de guerra impossível em que sempre sou eu quem se espatifa de ambos os lados.

A minha ira em relação a ti me parece completamente justificada quando o pobre coração mais alvejado aqui é e sempre foi o da minha mãe. O mínimo que a gente faz na vida é proteger a própria mãe, não me parece que eu tenha realizado nada de muito extraordinário nesse sentido ao longo da vida, nunca fui o herói de ninguém.

Crescer te odiando, debochar em silêncio, repudiar das tuas opiniões cheias de pó — uma prateleira de antiquário descortinada a cada notícia importante no jornal, a cada eleição, a cada análise sobre qualquer coisa num almoço ou jantar —, isso sim, essa ojeriza pelo menos era um recurso, era o que dava, era o que eu conseguia fazer frente a uma força muito superior à minha. Com a mãe, eu me importava. A única com quem eu realmente me importava.

Eu não sei do que ela tomou conhecimento, não consigo pensar que tenha sido pouco. A tua fama entre os teus amigos, as tuas aventuras, contadas e recontadas em tom de chiste, com um exagero pueril para ressaltar um ou outro episódio que talvez tenha sido, na realidade, muito inofensivo, e mesmo que eu tenha poucas provas concretas dos teus deslizes recolhidas até hoje, essa reputação me forçava a desprezar todas as tuas galhofas de suposto conquistador. O simples fato da tua cara de pau te autorizar a relatar, na frente da tua mulher, histórias de possíveis traições, te tornavam, para o meu juízo, o canalha por excelência, um exuberante espécime catalogado na enciclopédia definitiva de todos os homens, um filho da puta de almanaque.

Então, vejamos.

23.

Sexta passada, estive aí, tu e a mãe estavam almoçando na cozinha, passei rápido, não queria conversar, a mãe me convidou: "Senta, filho". "Eu só vim buscar o meu capacete." — respondi. "Estou pensando em voltar a andar de bicicleta" — eu expliquei — "Não quero atrapalhar." — eu disse. Aproveitei a visita e falei para vocês de um festival de propaganda que tinha acontecido na noite anterior, e disse que tinha ganhado uns prêmios, vocês me deram uns parabéns a princípio constrangidos, vocês nunca entenderam muito bem como essas coisas do meu trabalho funcionam, a mãe se emociona um pouco mais, ela levanta e me dá um beijo e um abraço, não me deixa sair rápido, reconheço o teu esforço, tu te levanta e vem me cumprimentar, eu disse que não precisava, que era um incômodo, talvez subestimando a tua força de vontade, ora, peguei vocês no meio do almoço, essa hora antigamente mais agradável e agora tão controlada e tão cheia de restrições. Eu estava de ressaca da festa desse tal festival, uma dor de cabeça chata para cacete, e, bom, eu disse mil vezes que não queria atrapalhar, eu só queria passar para pegar um capacete esquecido na despensa de vocês, mas aí eu aproveito e me exibo um pouco, sem jeito como os nossos abraços, arrependido por contar demais, falo dos prêmios meio de saída, de viés, com um pé quase na porta, mas falo, a mãe me resgata, vêm esses nossos cumprimentos desengonçados, e será que eu precisava daquele capacete justo naquela hora, justo depois de fazer algo mais ou menos relevante, será que eu não queria apenas olhar na tua cara e te contar algo que escapasse da mesmice, que fosse digno de nota, que fosse importante?

Deixa, pai, deixa eu te contar como que funciona esse mecanismo aqui do meu lado, como um sujeito como eu comprova a sua filiação, como eu viro também um efeito colateral teu, um troço que não aparece em exame, que não dá o ar da graça em biópsia, e é nocivo e é inevitável, mesmo que agora não vá parecer, ainda que agora vá soar justamente o oposto, algo fácil de não se repetir, pois vamos ver, pai, deixa eu te contar como funciona a minha leitura, a minha interpretação dos teus manuais, deixa eu te dar uma utilização prática dessa tua cartilha.

24.

Com um copo de bebida na mão e a despretensão de quem viveu — ao menos por enquanto — tão parcas desilusões, ela me disse que era Eduarda, mas que podia ser Duda, que era de preferência isso e somente: Duda. Emendou o sobrenome, um sobrenome italiano grafado com dois zês em algum lugar, como eu viria a descobrir em seguida, disse o nome e o sobrenome como nos filmes em que os personagens sempre contam os seus nomes completos ao se apresentarem. Ela me disse o nome completo e eu pensei "não estamos em uma repartição pública, muito menos num filme B americano, menina". Sorri, disse o meu nome. Incompleto. E só.

Ela me contou que era redatora e em qual agência. Repetiu três vezes que estava louca para aprender e crescer etecetera, três vezes que talvez denunciassem um certo nervosismo ou um certo nível alcoólico, agora era outra vida, a primeira agência grande por onde passava, ela só havia "trampado", foi esse termo que ela usou, só tinha "trampado" em empresas pequenas e estava louca para aprender com clientes de verdade e profissionais experientes de verdade e produzir coisa boa com produtoras de peso e filmar com diretores de calibre. Havia sinceridade nela, essa ingenuidade de quem sonha alto num mundo de deslumbramentos fáceis, onde circula uma quantidade grande de dinheiro mesmo que o trabalho pareça uma tarefa escolar na maior parte dos dias e das noites insones em escritórios moderninhos. Talvez tudo fosse mais sedutor numa noite como aquela, uma jornada de verniz e de bajulação e, se as coisas dessem certo, de putaria: a noite de gala de um festival de propaganda.

Eu curti muito os teus jingles. Acho foda criar pra rádio.

Ela disse muito naturalmente, ela se aproximou muito naturalmente, como se me conhecesse, como se eu fosse alguém, é fácil ser alguém no mundo fechado de agências de publicidade de Porto Alegre. Ela foi espontânea e chegou perto para falar comigo, o som estava alto, àquela altura a cerimônia de premiação já havia acontecido e as pessoas dançavam numa pista posicionada num canto do salão. O meu ano não tinha sido nada demais, mas uma ou duas peças que eu criei para rádio ganharam uma repercussão aceitável. Quando anunciaram os vencedores da categoria, os comerciais tocaram a todo o volume e o salão cheio riu das letras que eu tinha escrito, que eram inesperadas o bastante para ganhar um prêmio modesto como aquele.

Eu agradeci, disse que logo ela pegava a mão, Duda riu, eu devo ter emendado o meu agradecimento com uma piada, ou ela riu sem motivo, e quando jogou a cabeça para trás querendo ser mais simpática, notei melhor o seu nariz, que era grande e pontiagudo, e eu sempre achei um charme incontrolável nariz grande em mulher bonita, eu a reparava de cima a baixo, notava os peitos soltos colados no vestido azul-escuro e eu ia percebendo tudo como um predadorzinho sem-vergonha até que Duda falou mais uma ou outra obviedade, eu fiquei nervoso e monossilábico, não sabia mais sobre o que conversar, ela se despediu e, enfim, trocamos um beijo no rosto, legal te conhecer, a gente se fala, valeu e até a próxima.

Duda foi saindo de perto de mim e nessa hora eu puder ver que ela tinha uma tatuagem geométrica grande na parte detrás de uma coxa, a tatuagem corria pela panturrilha, eram pernas bonitas e a bunda era boa, ela tinha um corpo pequeno, ela era baixinha, ela saiu caminhando com o copo na mão, as pernas eram realmente bonitas e a tatuagem até me surpreendeu, não vi muita gente com uma tatuagem naquela parte do corpo, e uns minutos depois de desaparecer entre as pessoas que dançavam, ela não fez nada demais, Duda estava tentando fazer uns contatos, Duda queria crescer no "trampo", Duda era uma redatora obstinada que fugia à regra da sua geração, Duda me adicionou no Facebook.

25.

O que eu mais queria a partir do exato instante em que Duda abriu uma brecha, pai, quando ela simplesmente apertou um botão num aplicativo de uma rede social, o que eu mais desejava a partir daquele momento era ela mesma, era Duda. Eu queria manter o contato, eu queria escrever algo espirituoso, eu queria ser despretensioso e irremediavelmente sedutor, virou uma obsessão automática e sem controle, sem nenhum motivo aparente eu queria provocá-la e testar a minha capacidade de persuasão, eu queria entender se ela se importaria de trocar umas mensagens comigo, eu queria saber se conseguiria despertar algum tipo de interesse, eu precisava dessa validação e, bom, essa validação, parece que aí sempre esteve o motivo de tudo.

Digito: *sabe o q é mais difícil do que criar rádio?*
Aperto o botão. Enviar.

A festa podia implodir, o mundo podia acabar, o meu pai podia morrer de câncer. Naquela hora, todas as minhas forças estavam concentradas em uma única direção. Eu torcia para que Duda mantivesse as notificações do aplicativo de conversas ligadas, ou para que ela pegasse logo o celular para conferir se alguém havia deixado uma mensagem na sua caixa de entrada.

Entrei em uma cabine do banheiro e abaixei a tampa da privada, sentei e estiquei as pernas para trancar a porta com os pés. E esperei.

Então, pai, a melhor coisa que me aconteceu nos últimos tempos foi a seguinte. Duda não demorou quase nada para visualizar aquela minha mensagem puxando papo, a pergunta inocente que eu fiz sobre um aspecto do nosso trabalho, sobre a nossa rotina profissional, aquilo que tínhamos conversado há pouco, o que poderia haver de equivocado nesse gesto, e era uma mensagem que não se encerrava nela mesma, mas estabelecia um diálogo, abria a fresta que eu precisava para tentar erigir mais uma das minhas franquias.

26.

Ela responde.

Duda: *Não sei.*

Pronto. Duda e eu seguimos teclando apressadamente nos nossos telefones a poucos metros de distância um do outro naquele salão. É assim que funciona hoje em dia, pai. E foi mais ou menos isto o que conversamos.

Duda: *Roteiro pra TV?*

Eu: *Não.*

Eu: *Aguentar essa festa cheia de gente velha e brega. E donos de agência.*

Duda: *Hahahahah*

Eu: *que é quase a mesma coisa.*

Eu: *Não é?*

Duda: *sim. verdade*

Eu: *Nisso, eu não posso te ajudar. Ou não.*

Duda: *tá onde?*

Eu: *Kuala Lumpur.*

Duda: *hahahahahahaha*

Eu: *Fugi.*

Duda: *Fez bem.*

Duda: *Mas tô curtindo, vai. Vazou mesmo?*

Eu: *Não.*

Duda: *Tá tocando Roy Orbison. A M O*

Eu: *Tu é muito nova pra gostar disso.*

Duda: *hehehe, meu pai ouvia direto. Aí eu peguei :)*

Eu: *Meu pai não ouvia música.*

Duda: *rolando uma versão ~~remix*

Duda: *blergh. Odeio.*

Eu: *putz, sempre inventam.*

Duda: *sério, lembra MUITO minha infância.*

Eu: *Tipo uns 30 minutos atrás?*

Duda: *hahahahahahahah*

Duda: *bah, me tirou muito :(*

Eu: *Jura. Brincando contigo.*

Duda: *ok*

Eu: *vou pra pista. Tá aí, né?*

Duda: *tô perto do palco*

Eu: *Tu fuma?*

Duda: *de onde veio isso???*

Eu: *sei lá*

Eu: *tô a fim*

Eu: *sorry*

Duda: *foi aleatório, maassssss*

Duda: *tenho uma ponta na carteira :P*

Eu: *:)*

Duda: *:)*

Eu: *Fuma comigo? Por favor, te ensino tudo sobre jingles.*

Eu: *mentira. Sei nada sobre o assunto.*

Duda: *hahahahahaha vem curtir o velho Orbison.*

Eu: *tá. Qual tá rolando?*

Duda: *Drove all night*

Duda: *amo/sou*

Eu: *muito massa*

Eu: *mas tô meio cansado*

Duda: *vamos fumar*

Duda: *eu pilho, sim :)*

Eu: *vamos*

Eu: *eu levo a bebida*

Eu: *é por minha conta*

Duda: *hahahahahaha*

Eu: *Anything you want, you got it*

Duda: *hahahah socorro! Amei <3*

Duda: *I see what you did there*

Duda: *hauhauahauhauah*

Eu: *hahahahaha*

Eu: *te espero lá fora?*

Duda: *eu te acho ;)*

Quando Duda chegava mais perto, eu sentia o hálito de bebida e de maconha, e um pouco do perfume dela, que eu já estava achando muito bom, claro que estava. Conversamos sobre o trabalho e sobre música no estacionamento, ela fumava e bebia sem parar, e falava muito, o que era uma benção para mim, já que eu podia escutá-la e ficar quieto, e foi uma questão de tempo ser esperada e até desejável alguma atitude da minha parte, e teve de partir de mim, que sou bem mais velho, que sou homem e experiente, a sugestão de irmos para um lugar menos *"boring"*, até porque qualquer outra situação seria muitíssimo mais interessante do que continuar ali aguentando aquela trupe, aquele bando de "paga-pau engomadinho", que foi o jeito que ela falou sobre um tipo de gente que curtia a festa lá dentro, Duda mais solta e mais desbocada e já menos otimista, querendo parecer menos deslumbrada e menos jovem do que é, sem que ela percebesse a bebida fazia um pouco de efeito, ou ela percebia e não dava a menor bola, e aí todo mundo dentro daquele salão foi virando "puxa saco", foi virando "metido", virando "empresário pau no cu", "pretensioso" ou "careta", nada muito diferente da imagem que devem ter de mim fora daquela bolha, mas é claro que a Duda não precisava saber disso por enquanto.

Careta ou não, eu abri a porta do táxi para que ela entrasse. O carro estava passando em frente ao aeroporto quando o meu celular vibrou. Era uma mensagem de Roberta perguntando como estava a festa. Eu respondi com um emoji, não escrevi nada, só enviei o pictograma da mãozinha fazendo sinal de negativo e guardei o celular no bolso. E o que eu fiz logo depois de responder à mensagem da minha namorada com esse sinal, um símbolo que dava a entender que a festa estava muito chata, que eu voltaria para o meu apartamento mais cedo, que a minha noite não reservava nenhuma esperança de nada, nenhum lustro, nenhum acontecimento digno de nota fora uns prêmios protocolares numa categoria sem prestígio do festival, o que eu fiz foi colocar a língua dentro da boca daquela outra menina.

ABAJUR.gif

ergue-se apoiado em quatro patas, depois se põe de pé feliz da vida quando é o pai quem se agacha, o menino abre um sorriso e começa a correr correr correr com suas pernas cambaleantes, o pai abre os braços numa promessa, o coração do menino acelera e o menino corre corre corre ao encontro do pai, o menino quer se enfurnar no pai, e o pai o convoca, e o pai o espera, mas o pai sai do caminho quando é mais preciso, o pai desvia e o menino se vê de frente com um vazio, o vazio e um abajur, o menino abraça o abajur ao lado da cama e não o pai, o menino se espatifa, rola, escancara a boca, o menino chora caído no chão e ergue-se apoiado em quatro patas, depois se põe de pé feliz da vida quando é o pai quem se agacha, o menino abre um sorriso e começa a correr correr correr com suas pernas cambaleantes, o pai abre os braços numa promessa, o coração do menino gagueja e o menino corre corre corre ao encontro do pai, o menino quer se enfurnar no pai, e o pai o convoca, e o pai o espera, mas o pai sai do caminho quando é mais preciso, o pai desvia e o menino se vê perante um vazio, o vazio e um abajur, o menino abraça o abajur ao lado da cama e não o pai, o menino se espatifa, rola, escancara a boca, o menino chora caído no chão e ergue-se apoiado em quatro patas, depois se põe de pé feliz da vida quando é o pai quem se agacha, o menino abre um sorriso e começa a correr correr correr com suas pernas cambaleantes, o pai abre os braços numa promessa, o coração do menino mingua e o menino corre corre corre ao encontro do pai, o menino quer se enfurnar no pai, e o pai o convoca, e o pai o espera, mas o pai sai do caminho quando é mais preciso, o pai desvia e o menino se vê perante um vazio, o vazio e um abajur, o menino abraça o abajur ao lado da cama e não o pai, o menino se espatifa, rola, escancara a boca, o menino chora caído no chão e ergue-se apoiado em quatro patas, depois se põe de pé feliz da vida quando é o pai quem se agacha, o menino abre um sorriso e começa a correr correr correr com suas pernas cambaleantes, o pai abre os braços numa promessa, o coração do menino recrudesce e o menino corre corre corre ao encontro do pai, o menino quer se enfurnar no pai, e o pai o convoca, e o pai o espera, mas o pai sai do caminho quando é mais preciso, o pai desvia e o menino se vê perante um vazio, o vazio e um abajur, o menino abraça o abajur ao lado da cama e não o pai, o menino se espatifa, rola, escancara a boca, o menino chora caído no chão e

27.

A novidade nisso tudo é a seguinte, pai: existem coisas que não se sucedem dentro das tuas normas. Ninguém anda controlando muito bem esse monstro aí na tua barriga, tu querendo ou não. Eis um feto mortal dos mais fofos dentro do teu ventre improvável. Para mim, que não tive força de me livrar das tuas correntes até hoje, também é uma surpresa, é estranho e soa inédito que alguma coisa não ande na tua linha e te contrarie. Sem meias-palavras, que não dá mais tempo: para mim, é quase uma alegria.

Vou pensar aqui junto contigo, vou pensar com os dedos no teclado, enquanto a Roberta está passando um café na cozinha, o cheiro serpenteia pelo apartamento inteiro, Beta diz que eu preciso dar um tempo, parar e fazer um lanche, Beta é um anjo, Beta é um ser superior, mas não quero interromper essa linha, espero que tu acompanhe o meu pensamento e prometo que vai ser rápido, ele não dói muito em mim, não; e não sei se terá algum efeito em ti, se vai te chatear, se fará cócegas no teu couro duro de homem frágil.

É que finalmente, pai, um antigo desejo meu é atendido.

A inversão das influências está posta quando, depois de uma cacetada de ocasiões em que desejei que tu me deixasse em paz e virasse pó numa urna, às vezes por uma cólera juvenil desgastadíssima, às vezes por algum raciocínio um pouquinho mais maduro e, assim, mais perverso, vem uma doença terrível corroer as tuas tripas. Eu não preciso de nada, não preciso de nenhum serviço sujo, de nenhum crime, e a doença alimenta a esperança de que sou eu quem decide os nossos movimentos. Se projeta e se imagina, às vezes, se deseja com total claridade a morte do outro e pronto, convenhamos, por mais desumano que seja, é assim que funciona. Quantas vezes na vida um filho não se pega sussurrando, os dentes rangendo na cólera, as unhas machucando as palmas das mãos, os olhos involuntariamente encharcados contrastando com a vontade que vem límpida, certeira e, ao menos por um instante, livre de qualquer cinismo: morre, pai. Morre agora.

Posso deixar de sentir nas costas o rastro tosco e gris da tua sombra?

28.

O café ficou pronto. Beta vem me perguntar como está o livro. Fico na dúvida, agora, se não deveria colocar a palavra livro entre aspas. Falo para ela que não há muita coisa, só uns retalhos, é como se colocasse tudo em uma caixa, Beta, não há nada muito importante, nada com o que tu deva perder o teu tempo. Ela não está armada, só que me acusa. Me chama de ensimesmado. Diz que eu vivo num casulo. Eu acho essa imagem simplória, pouco para uma mulher inteligente como ela. Claro que eu não digo nada. De um casulo sai coisa bonita.

Ela me pede para ler uma página, uma amostrinha, coisinha pouca. Ela não faz ideia do que estou escrevendo, sequer sabe que é para ti, pai, e que tudo o que eu catalogo tem a ver direta ou indiretamente com aquilo que a gente viveu. Ninguém sabe de quase nada. Beta sabe que eu estou tentando produzir, ela vem ao meu apartamento e percebe, eu sempre paro por uns minutos, ela se aproxima para espiar, eu bato o notebook e disfarço, é um projeto pessoal, Beta, eu digo, não é nada com o trabalho, não, tem a ver com a minha família. Ela acha suspeito, mas a tua situação a deixou mais resignada. Desde que soubemos do tumor no final do ano passado, ela baixa o tom de voz, ela vira de costas, ela prefere não incomodar.

Eu digo que tenho vergonha, é simples. Ela brinca recordando que vive satisfazendo as minhas vontades, me mimando de todas formas, passando café para mim enquanto eu trabalho, um café forte quando ela prefere um pouco mais fraco, e que se sujeita a isso apenas porque geralmente eu estou bêbado e de ressaca e fedendo a trago depois de encher a cara nesses festivais de publicidade e, bom, um café forte é excelente nessas ocasiões e ela quer sempre o melhor para mim, e eu nem para avisar que horas terminam as festas, nem para avisar quando chego em casa pouco-são e salvo, eu não respondo às mensagens dela e é por aí que vamos. Olha, Beta, se tu não consegue entender o que acontece, se tu não tem faro para coisa nenhuma, se o teu namorado te ignora uma noite inteira enquanto bebe sem limites ao lado de trezentas garotas bonitinhas e disponíveis, não é a quantidade de pó de café ou de água quente numa garrafa térmica que vão definir em melhor medida a tua completa e patética sujeição.

Roberta, ainda tentando me jogar contra a parede, mas com o seu jeitinho doce, quase servil, ela pensa que sou apenas um sujeito atrapalhado, nunca mal intencionado, nunca um ser desprezível. Beta põe os braços ao redor do meu pescoço, ela ri e desanda a falar, diz que não entende o porquê de nunca poder ler nada do que eu faço, nunca poder ir a esses eventos profissionais junto comigo, e emenda piadinhas de sempre, garante que saberia combinar vestido de gala com All Star, não destoaria tanto assim das minhas colegas publicitárias, apesar de não ter mecha colorida no cabelo, apesar de não gostar de maquiagem de gatinho nos olhos, apesar de ter um total de zero tatuagens, que hoje é o ato máximo de uma rebeldia de apartamento, isso e não ter um iPhone, no segundo caso ela sucumbiu, porque trabalhar em um banco multinacional exige dela certas tecnologias, certa disponibilidade para o banco e um iPhone facilitava essas coisas, e essas piadas da Beta, pai, além de recorrentes e sem graça, também são, tu já deve ter notado, longas demais. Deu pena.

Fiquei agradecido pelo café, pelo carinho, pela paciência, mas especialmente por Roberta fazer de tudo para ignorar a minha traição, e falei daquele lance do abajur como quem dá uma esmola. Com sorrisos cínicos, tu me falou desse episódio mais ou menos um milhão de vezes, o que me irrita não é só ter sido feito de bobo, não é eu virar uma piada de novo, mas o desgaste da repetição, aquele acidente doméstico provocado de forma deliberada, é péssimo mas eu até consigo ver graça na coisa, realmente consigo, é só uma cena de comédia pastelão, só uma brincadeira de mau gosto, uma futilidade, só um problema de uma criança que nunca passou necessidade, uma criança que ganha uma aula rápida do seu pai, para que essa criança nunca confie em ninguém, para que a criança entenda que a vida é dura, e eu aprendo, eu nunca vou me atar a outra pessoa, eu não posso confiar no meu pai e eu não vou confiar em mais nada, ninguém vai ser fiel a mim e será igual na via oposta, eu não vou ter nada para me segurar, nada, tu abriu os braços e depois sumiu, eu aprendi essa lição.

29.

Foi a página sobre isso que mostrei para Roberta.
Ela me disse que achou difícil de entender e que não sabia que eu escrevia poesia.
Eu disse que não era poesia e ela ficou em silêncio.
Eu disse que bom que tu não gostou.
Ela me desmentiu. Mas disse que não parecia verdade, que não imaginava que o meu pai pudesse ter feito aquilo. Não que ela seja uma especial adoradora do teu tipo de humor, mas me disse que era improvável. Ela não achava graça.
Eu disse que não precisava ter graça.
Ela perguntou se eu estava inventando tudo.
Eu disse que não interessava.
Nunca interessa se é verdade ou não.

30.

Beta ficou curiosa para saber onde se encaixaria um texto como aquele, que tipo de narrativa eu queria construir ou já estava construindo, eu que nunca mostrava absolutamente nada para a minha namorada, a mulher da minha vida, minha princesa, minha Holly Golightly, minha Annie Hall. Como ela consegue manter o bom humor? Como?!

Expliquei que era só um fragmento, que fazia parte de uma coleção de anotações e que um dia eu ia ver o que fazer com tudo aquilo, quando o meu pai melhorasse, se o meu pai melhorasse, essa é a nossa torcida, ela disse, estou contigo nessa. Agradeci. Expliquei que essa etapa do texto talvez fosse apenas uma escala antes da cesta de lixo, porém escrever me ajudava a colocar as ideias em perspectiva. Roberta olhou para mim como se sentisse dó. Abriu um sorriso complacente e ficou em silêncio.

"Ela que se foda" — eu pensei.

Eu disse: "Acho uma cena muito irreal, se lida como prosa, e uma imagem muito simples, se escrita para ser poesia. Não é nada, Beta. Nada! Isso não é nada e tu não devia ter colocado os teus olhos aqui. E essa foi a última vez que aconteceu".

Fui para o quarto e bati a porta com força, num misto de teatrinho — para fazer com que Roberta sentisse culpa, eu sou eficiente nisso quase sempre — e de decepção real com o meu texto, submetido pela primeira vez a outra pessoa. Uma criança, em resumo. Contrariada e emburrada.

Como que eu vou terminar essa história e salvar o meu pai?

31.

Desde a noite em que nos conhecemos, fumamos um pouco e bebemos bastante e achamos que não haveria mal nenhum em terminar a festa no quarto vagabundo de um motel, eu e

Duda trocávamos mensagens. Mas já fazia um par de dias que a minha caixa de entrada estava sempre vazia.

Deito na cama e começo a formular hipóteses.

Duda tinha se arrependido, ou eu tinha dito algo errado, ou eu tinha fracassado e o nosso único encontro não tinha sido lá grandes coisas e não havia nenhuma razão para que ela quisesse me dar papo ou repetir a dose. Eu não queria dar o braço a torcer, não mais do que já havia dado, eu já tinha tomado a iniciativa uns dias depois daquela festa, puxado assunto, a receptividade de Duda costuma ser irregular, às vezes ela é solícita e responde e entra no jogo em que as brincadeiras e as piadas rapidamente escorregam para sacanagem, mas acontece também de Duda ser sucinta ou demorar muito para responder ou nem sequer me escrever de volta.

Dessa vez, porém, ela me castiga por mais tempo.

Não sei se é só uma estratégia muito eficiente para me deixar sempre ansioso com o que pode vir ou não vir do lado de lá, se é para me deixar preso a essa expectativa, ou talvez ela tenha diversas outras ocupações, e quando digo ocupações me refiro a outros caras, porque Duda só deve satisfação a uma agenda bem particular, a um conjunto muito próprio de motivos que nada mais é do que a soma das suas vontades, só isso e nada mais, só os anseios de uma mulher jovem e saudável e livre e eu que me foda, eu que vá para a puta que pariu.

Faz alguma diferença?

Trancado no quarto, eu só quero o meu brinquedo de volta.

32.

Ouço Beta ligar a TV na sala depois da vã tentativa de me resgatar e pedir para participar mais da minha vida. O nosso café amorna e as únicas coisas que eu faço são me esconder dela, me isolar e pegar o celular, porque quero vasculhar cada rede social, cada rastro que Duda possa ter deixado em algum canto da internet.

Não é difícil abrir uns sites, escrever o nome nas ferramentas de busca e saber de quase tudo, saber que Duda tem 25 anos, descobrir quem são suas amigas mais próximas, para onde ela já viajou, deduzir que a família dela tem um sítio perto de Porto Alegre onde dá para fazer boas fotos plantando raízes numa horta, tomando sol, fazendo artesanato, fazendo uma posição de ioga que vai render uma penca de likes.

Não é difícil descobrir que Duda tem um canal no YouTube com mais de 10 mil inscritos, o que é um ótimo número, a propósito, uma audiência que faz dela uma pequena celebridade digital, a criadora desse canal com uma centena de clipes caseiros, versões de músicas populares de tudo o que é época, geralmente covers de rock, vídeos em que Duda está sempre sozinha, sentada numa cama, ou de frente para o que suponho ser uma penteadeira, cantando num microfone profissional retrô e tocando um ukulele.

Não é difícil ligar as pontas e entender por que é um sucesso. A voz é razoável, os arranjos no instrumento diferentinho dão uma aura especial aos sons que ela escolhe, e as escolhas não chegam a ser fáceis, são músicas pensadas para fazerem Duda parecer mais inteligente, mais culta e nada óbvia, músicas cafonas que ficam deliciosas num novo arranjo ou músicas de bandas que ninguém conhece ou músicas cuja obviedade já virou do avesso e ganharam um brilho kitsch, e é claro que ainda falta nessa equação uma adição importante, o simples fato de Duda ser uma mulher bonita, uma mulher bonita usando camisas com os primeiros botões abertos ou camisetas puídas de bandas antigas, às vezes dá para perceber que ela não está usando sutiã, e às vezes ela completa o visual usando apenas um shorts curto ou uma calcinha larga, e aí dá para imaginar o que acontece na seção dos comentários desses vídeos, homens e mulheres descrevendo todo o tipo de besteira em tudo o que é idioma, um público cativo ou talvez ocasional impactado por essa força que não dá margem para controvérsias. Porque mesmo depois que você deixa de se impressionar tanto e o baque inicial desanuvia, você percebe que, ao mesmo tempo em que tudo ali é calculado, cada erro de acorde, cada verso que desafina, cada fio de cabelo loiro fora do lugar, cada borrão de rímel embaixo dos olhos, bom, ainda assim é muito difícil precisar o que é mais irresistível. Me torno uma presa abatida nesse terreno onde Duda domina cada metro quadrado da sua despretensão e me envolve num joguete de quero e não quero, de instigar e desvanecer. Me resta perder bons minutos assistindo aos seus vídeos, como o virgem reprimido que encontra a blusa perdida da colega bonita da turma e, trancado num banheiro, se esbalda nos odores desse tesouro que reinvidicou para si.

É assim, pai, assistindo a vídeos no YouTube, uma coisa tão banal não fosse o histórico de eu já ter estado com aquela suposta artista, é desse jeito idiota que eu decido jogar a tolha, me rendo às circunstâncias e me nego a continuar contornando a seguinte verdade: estou apaixonado pela cantora sexy, descolada, bonita, gostosa e que, tudo leva a crer, caga para o meu estado civil, formalizado não na igreja nem no cartório, mas em status de relacionamento nas redes sociais, afinal já estamos em 2017.

33.

Foi um minuto antes.

Um minuto antes de Roberta abrir a porta do quarto, colocar apenas a cabeça para dentro e perguntar se eu estava mais calmo e se me sentia melhor e de eu dizer: "Desculpa, Beta, tu não fez nada, eu sou um imbecil, vem aqui.", e de eu bater com a mão espalmada na cama num convite para que Beta se aproximasse.

Foi um minuto antes, eu recebi um sinal, uma sinetinha aguda que não combinava com o trecho da música que eu estava ouvindo, destoava do ukulele, um *ding* que me fez pular para outro aplicativo e ler uma mensagem e a mensagem era de Duda, e essa mensagem dizia oi, só um oi e um emoji, um rostinho amarelo piscando um dos olhos pra mim. Foi mais do que o suficiente para que eu me sentisse bem e confiante e renovado e então, naquele instante logo depois, quando Roberta entrou no quarto, a minha Beta, a mulher da minha vida, 34 anos de idade, coordenadora de suprimentos da regional de uma empresa importante, eu abracei essa grande mulher com força, e não vou mentir se disser que, naquela hora, esse gesto continha o meu mais puro e sincero afeto, e confesso ainda ter ficado com uma vontade louca de transar com a Roberta, o que no final das contas acabou mesmo acontecendo.

A paixão é poderosa. Não é, pai?

PIPOCA DE COLHER
(final alternativo)

Fim da fala sobre o sonho — FILHO ADULTO conta que sonhou ter um bebê com a cabeça idêntica à do PAI.

FILHO ADULTO

O bebê era você, pai. E sabe o que foi que eu pensei quando me dei conta disso?

Com a mão direita, FILHO ADULTO busca algo às costas, por baixo da camiseta: é um livro. O livro é grosso, tem capa dura de cor carmim. FILHO ADULTO aponta o livro em direção ao PAI.

FILHO ADULTO

Eu pensei apenas... Quem é que precisa de quem agora, seu canalha?

Entra trilha orquestrada. Ataques de violino criam uma atmosfera tensa.

PAI

(Surpreso) O que é isso?

FILHO ADULTO

Uma vida inteira pela frente com as posições trocadas. Já imaginou?

PAI

Você está ficando...

FILHO ADULTO

(Interrompe dando um passo em direção à cama. Aponta o livro com vigor) Quem depende de quem agora? *(Grita)* Me responde! Quem depende de quem agora?!

PAI

(Grita) Não estou entendendo nada do que você está falando!

FILHO ADULTO

(Grita) É claro que não! Você nunca entende, seu analfabeto filho da puta!

O PAI segura a corda naval ao lado da cama, mas, antes de puxar, é interrompido pelo FILHO ADULTO, que dá um passo à frente e ergue o livro na altura da própria cabeça, ameaçador. PAI permanece imóvel, com uma mão na corda.

FILHO ADULTO

Nada do que você faz tem sentido. Nada disso tem sentido, esse apartamento não tem goteiras coisa nenhuma. Eu... eu odeio você. Você... você come pipoca de colher. Você usa uma colher... para comer pipoca! Você é a única pessoa do mundo capaz de uma idiotice como essa!

PAI

Você é um ingrato, um bosta de um gurizote. Você me deve tudo, tudo, tudo, tudo!

FILHO ADULTO

Você é mesquinho.

PAI

Eu te dei um autorama de 500 reais. Com os juros, isso...

FILHO ADULTO

(Interrompe) Não é possível. Vai pra casa de um caralho!

PAI
Vá se foder!

FILHO ADULTO
(Tremendo, muito nervoso) O que foi que você disse?!

PAI
(Grita) Vá pra puta que o pariu!

A trilha cresce até ficar ensurdecedora. FILHO ADULTO, enfim, avança em direção à cama e golpeia o PAI com toda a força: a lombada do livro acerta o topo da cabeça, que começa a jorrar sangue. FILHO ADULTO pula na cama e, montado sobre o PAI, repete o movimento, batendo com o livro na cabeça e na cara, sem parar, com toda a força, transformando o rosto do PAI em uma massa vermelha indistinguível. Os lençóis ficam completamente ensanguentados.

A trilha cessa bruscamente. PAI está morto.

FILHO ADULTO, sujo de sangue, arfando, olha para o livro estraçalhado. Larga os restos das folhas sobre o móvel ao lado da cama. Abaixa-se e apanha água do chão para lavar o rosto. Caminha vagarosamente até a porta do quarto. Com a mão na maçaneta, olha para o corpo do PAI. Sai de cena fechando a porta atrás de si.

Silêncio absoluto.

Retorna ao quarto o FILHO CRIANÇA. Continua com cabelo e roupas molhados.

FILHO CRIANÇA
(Percebendo a situação) Pai? Pai?! Pai!

Ele corre até a cama. Impressionado, ofegante, mantém-se estático por muitos segundos.

De repente, dobra os joelhos e se deixa cair no chão. Começa a gargalhar. Rola de tanto rir. Suas roupas ficam mais empapadas de água e de sangue. Ele não consegue parar.

Sobre as gargalhadas do FILHO CRIANÇA, sobe a trilha. Um solo de flauta doce.

CORTINA

34.

Mesmo que o paciente esteja moribundo num leito de hospital. Mesmo que a velhinha tenha passado dos cem anos de idade. Mesmo que o bebê tenha nascido com um problema crônico nos rins. Mesmo que o homem tenha descoberto um tumor maligno num exame de rotina, um exame que ele só fez depois de muita insistência da esposa. Mesmo assim, nunca se saberá, não haverá previsão de coisa nenhuma, de nada adianta tirar o celular do silencioso, a morte não gosta de notificações.

Como vou ser capaz de te salvar? Como acreditar nisso de verdade? Achar que a minha superstição vale de alguma coisa, como se uma ordem mágica pudesse se impor sobre as nossas cabeças a partir da deflagração desses rancores?

Acreditei que se eu te obrigasse a ler — e admito que satisfaço, ao escrever, uma parte da minha vaidade, um sonho antigo de fazer mais do que textos miseráveis, desnecessários e esquecíveis; se eu realizasse minha ambição de criar algo que parasse de pé em uma prateleira, imagina só, nem que fosse na tua prateleira vazia, pai, um livrinho despretensioso que realizasse uma das minhas vontades —, aí eu finalmente te libertaria. Eu pensei nessa soma toda, na superstição e na presunção de escrever e nessas denúncias aqui reunidas, eu supus que isso pudesse ser o bastante para te curar. Eu quero, quase à força, te livrar da nossa ignorância, te obrigar a entender o que se passou entre o pai e o filho que nós fomos ou somos ou que seremos até o dia em que daremos fim a esse par, um de nós rindo da cara do outro que já terá sido traído pelo chiste definitivo da morte, o sobrevivente pensando no meio da cerimônia fúnebre, viu, fui mais longe, essa eu ganhei de ti. O pai que morre e deixa de assombrar o filho, ou o filho que se vai contrariando a ordem natural da vida e eximindo o pai de qualquer continuidade no mundo, um talho numa raiz podre que desobriga o pai de qualquer responsabilidade. Para o teu azar, a última hipótese parece muito mais distante de acontecer.

O tempo corre, as sessões de quimioterapia avançam, não se sabe ao certo da eficácia do tratamento. Esperamos. É assim que seguimos.

Eu me envolvo com Duda, eu encho o meu próprio saco ao empurrar Beta e o teatro do nosso namoro com a barriga, eu tento me concentrar nos meus novos desafios profissionais, e "desafio" é o termo corrente para designar "cenoura enfiada no rabo" no corporativês babaca do meu trabalho, e assim sigo patinando nesse inventário de pequenas causas pessoais do qual só eu tenho os registros e a tendência é que ele não salve a ti, nem a mim, nem a ninguém.

É isso o que temos, pai: nada.

DÚVIDAS FREQUENTES

Qual deve ser a rotina de um homem?
Um homem trabalha. Um homem deve ter apreço pelo seu ofício. Um homem não dá margem para distrações inúteis, como atividades que pareçam infantis, viagens desnecessárias ou livros.

Do que um homem pode gostar?
De mulheres, sacanagem em geral. E o homem gosta de propagar os seus feitos.

Gosta ainda de carros, esportes (sobretudo futebol e automobilismo), relógios de pulso, armas de fogo, caçadas. E de coisas mais simples, como brigas de bar e bate-bocas no trânsito (o homem não os procura, mas deve mostrar-se sempre aberto a esses prazeres).

Qual a dieta adequada para um homem?
Cerveja. De qualquer tipo, sempre muito gelada. Para comer, carne, um bom churrasco, de preferência. Mas nada de frescuras, qualquer tipo de comida é bem-vinda. Comida fria, comida que recém passou do prazo de validade, não importa. O homem deve evitar comidas que inventam demais. Coisa de afetado.

35.

Qual a graça?

Não se exibir entre amigos numa mesa de bar, não entrar nos detalhes de uma conquista, de um pulada de cerca, esses casinhos eventuais e arriscados? Não, eu nunca conto nada. E antes que tu me critique por não me gabar — a graça é entrar em minúcias, exagerar os fatos, validar a posição entre os nossos pares, certo? — saiba que dificilmente eu disse não para uma mulher, porque isso eu sei bem, isso não pode ser do nosso feitio, não é assim que os bacharéis da nossa academia saem formados.

Quem poderia prever essa intimidade entre nós justo agora, vou contando o que se passa pela primeira vez e é para ti, pai, tu nem leu coisa nenhuma, e agora mal sabemos se haverá tempo, nem se haverá coragem para que eu te entregue essas anotações, ou se este amontoado de frases terá a mínima decência para que alguém o publique, ou talvez eu apenas jogue as páginas ao vento e espere que ele te sopre na cara as minhas notícias ruins.

Duda, por outro lado, ela é desinibida. Ela tem uma audiência de milhares de seguidores. Tem a irritante confiança das pessoas bonitas.

Dá para deduzir que ela ache muito interessante expor para as amigas o envolvimento com alguém comprometido, quem sabe para tirar certa vantagem disso, adicionar uma camada de complexidade à *persona* de jovem talentosa e criativa e imprevisível, quem sabe para parecer mais destemida e mais irresponsável do que realmente é.

Ou quem sabe Duda queira simplesmente tomar outro rumo e precise se desafiar, dizer em que anda metida e encarar o julgamento de uma pessoa neutra, uma amiga que lhe jogue na cara um papo sobre honestidade, sobre *girl power*, sobre sororidade. Quem sabe, ao ouvir umas verdades de outra mulher, Duda se fira um pouco e assim contenha os impulsos juvenis da sua transgressão.

Duda é diferente de mim, claro que é. Ela não sabe que o mais seguro é ficar quieta. Não sabe que a vida da maioria de nós é tão miserável e desinteressante que qualquer novidade mínima, o mais morno dos segredos, vazará fácil pelos vãos dos nossos baús trancafiados e ganhará a luz do dia com uma facilidade e uma velocidade que, da primeira vez, nos arrebatará. Uma traição é o filhotinho fofo que todos adoram mostrar. Ou se resiste ou pessoas se machucam.

Ela não, Duda não sente o embaraço de já ter aprontado diversas vezes. Não domina os meandros. Testa os limites da sua ética feminina e tudo bem que não deve ser fácil para ela, mas Duda tem muito menos a perder.

Duda é desimpedida. Duda não tem o pai na forca. Duda vive essa historieta do seu jeito.

Ela gosta de falar.

36.

Tem um tipo de lugar que aflora em Porto Alegre, são restaurantes com uma decoração desconstruída, industrial, com tijolos à vista, chão de cimento, cabos e tubulação aparentes, copos e talheres rústicos, os pratos nesses restaurantes são pensados para se tornarem virais na internet, eles copiam sucessos de outras cidades, de Nova York, de Londres, de Berlim, esses lugares são ótimos de serem fotografados, compartilhar a experiência faz parte da experiência.

Atributos assim são imãs para todo o tipo de gente deslumbrada. É simplista incluir nesse grupo somente profissionais de agência de propaganda. Eles estão lá, claro que estamos, mas sejamos justos, vamos incluir os designers, arquitetos, jornalistas, relações públicas, os profissionais mais jovens das firmas de advocacia e de grandes empresas. Pessoas que querem escorregar dos ambientes formais a que são submetidas várias horas por dia e finalmente poderem afrouxar suas gravatas, fazer uma boa foto para o Instagram, ganhar uns likes, mostrar que o terninho usado no escritório não passa de compulsoriedade.

Duda, a menina dos covers com ukulele, hit do YouTube, a cantora que diz não saber fazer jingles, vai almoçar com uma amiga — uma professora de inglês que estava viajando, ambas não se viam há muitos meses — num novo restaurante vegetariano em uma casa reformada no Bom Fim, estabelecimento que segue à risca a decoração pró-redes sociais.

O almoço é uma delícia. O papo é bom. Duda tem novidades.

Ela conta para a amiga sobre esse cara que conheceu numa festa, publicitário também, um redator mais velho do que ela, e conta como eles se envolveram e têm se visto com regularidade.

Na mesa ao lado, uma garota de vinte anos, estagiária do departamento de suprimentos de um banco, já está desfrutando da sua sobremesa. Ela está sozinha e acha muito difícil não escutar a conversa daquelas duas. Não que ela seja uma enxerida das mais cretinas, isso não, imagina só, de jeito nenhum.

A atenta estagiária de suprimentos pesca menções a pessoas, conecta pontos de referência e datas, nomes de empresas, cargos e pronto: em minutos, ela conclui que o cara que mantém uma relação abjeta com essa tal de Duda, o crápula que tem uma namorada chamada Roberta, apelido Beta, sou eu. Ela tem total convicção quando formula essa hipótese, porque a Porto Alegre branca e rica e afetada é uma cidade minúscula e a Beta mencionada pelas meninas da outra mesa, por uma saborosa coincidência, tão saborosa quanto o melhor dos doces, tão excitante quanto o alvorecer de um primeiro dia de férias, essa Beta é sua superiora imediata no banco onde ela estagia desde o início do ano.

E a merda está feita.

37.

(Eu não tenho tantos detalhes, claro que eu estou imaginando a cena. O que é que não estou inventando aqui?)

Beta engole em seco. Absorve a porrada como um sparring veterano.

É a estagiária jovenzinha que fica ansiosa, treme na cadeira, a menina acaba de dizer à Roberta que não conseguiu dormir direito pensando se devia ou não contar o que escutou no restaurante, mas ela garante que tem certeza, "Eu tenho certeza absoluta, Beta, eu te juro que foi exatamente isso o que eu ouvi". É essa garota quem precisa ser tranquilizada por Roberta na saleta de reuniões em que elas foram para poder falar com mais privacidade. "Beta, preciso falar contigo, tu tem um minuto?", e lá foram elas pelos corredores, Roberta achando se tratar de uma pergunta sobre a possibilidade de efetivação no final do contrato de estágio, um pedido de folga, qualquer demanda mais amena do que um soco bem dado na linha de cintura.

Calma, forte e autossuficiente como sempre, uma mulher de envergadura, uma mulher enorme — e tudo indica que ela acaba de ser jogada fora por esse cidadão que te escreve — Roberta relativiza a informação. Pondera. Pensa duas vezes. Ela agradece, pede que a menina não comente nada com ninguém, diz que está tudo certo. Cospe sangue no balde no seu canto do ringue. E levanta.

38.

Minha namorada volta para sua mesa, salva as planilhas em que estava trabalhando e sai pelas ruas do Moinhos de Vento.

Ela compra um sorvete — a partir de agora, eu mais ou menos tenho certeza, porque ela me relatou —, vai caminhando até a minha agência, nós trabalhamos a quadras de distância um do outro, acho que tu te lembra onde fica a agência e a sede do banco, ali perto do Parcão.

Roberta entra no prédio e senta numa poltrona do hall. Inabalável, acompanha o movimento de ir e vir das pessoas que passam pelas catracas. Entre uma colherada de sorvete italiano e uma pesquisa no celular para tentar descobrir quem poderia ser aquela tal de Eduarda, no abismo entre ser vítima de um simples mal-entendido ou de uma bela apunhalada nas costas, Beta tem outras duas alternativas:

( ) Não abordar ninguém, fazer o caminho de volta para o trabalho, esperar e checar melhor as informações.

( ) Ir até a primeira recepcionista disponível no balcão, dar o nome da agência, dar o meu nome e, com toda a educação, pedir que alguém me arranque de qualquer que fosse a besteira em que eu estivesse envolvido, já que o assunto é urgente.

Uma hora se passa. Roberta joga o copinho de sorvete sujo na cesta de lixo. Sai para a rua.

39.

Roberta consegue dormir naquela noite.

Mas não consegue dormir na noite seguinte e, mesmo assim, não fala nada comigo sobre o assunto, não percebo bulhufas, não desconfio da sua desconfiança, bem verdade que nos falamos pouco. Só agora os subtextos das nossas conversas ficaram evidentes para mim.

Na terceira noite — essa contagem eu não tinha, claro, mas hoje sei que foi todo esse tempo depois —, combinamos de Roberta dormir lá em casa. Ela tem umas olheiras mais profundas do que o normal, mas não pressinto nada na hora. Roberta foi calculista. Seu movimento é simples e óbvio — detectar a marca de batom na cueca da nossa geração, o perfume feminino numa camisa, o cheiro de um cigarro adocicado farejado na lapela dos nossos tempos.

Roberta espera eu ir para o banho. Num gesto possível apenas às mulheres ciumentas e desconfiadas, adjetivos que nunca colariam em Roberta, sob nenhuma hipótese,

ela
pega
o
meu
celular.

40.

Relatório parcial do que temos no meu smartphone de última geração:

> Conversas extensas demais com mulheres que Roberta não conhece.

> Conversas e combinações de encontros com Duda.

> Mensagens que descambam para a pornografia, sempre ridículas para quem está fora do contexto.

> As fotos: fotos em que Duda usa apenas sutiã — em frente a um espelho, no quarto, na academia, no banheiro do trabalho.

> Os vídeos curtos, como um em que, só para dar um exemplo, Duda está usando um biquíni amarelo e óculos escuros, ela está sentada num gramado no sítio da família com um cigarro de maconha na boca, e no final desse vídeo ela sopra a fumaça na direção da câmera como se soprasse para mim as piores promessas.

> Os vídeos longos, as superproduções, Duda amassando os peitos supostamente sem querer enquanto empunha o ukulele e toca versões supostamente exclusivas para mim.

> Outras conversas suspeitas e flertes antigos. Lembra da Manú, colega de agência? Tenho umas fotos dela numa cama de hotel na Costa Amalfitana. Férias com a família.

Sempre que Manú viajava, eu achava bastante justo pedir a ela uma coisa simples, uma coisa singela, uma marquinha de biquíni como souvenir.

41.

Do ponto de vista de quem está sendo passado para trás, é um inventário bem difícil de engolir.

Há um festival de punhais sendo arremessados contra Roberta. Ela está, o tempo todo, de costas para os seus algozes, sendo que o maior deles é uma das pessoas com quem ela tem mais proximidade e intimidade e por quem sentia mais amor e carinho e confiança e com quem almejava constituir uma família muito em breve.

Eu mesmo.

Roberta confirma muito mais do que ouviu de sua estagiária. Tudo está à sua disposição no aparelhinho diabólico que eu nem fazia mais questão de esconder, de trocar a senha, nada disso, porque Roberta não é dessas mulheres metidas. Era fácil omitir, ocultar, desconversar, era só colocar o celular no silencioso e com a tela sempre virada para baixo, Beta não tem os dispositivos da covardia e da maldade em sua configuração inicial, ela não veio da mesma linha de montagem em que fui fabricado.

Não vou entrar em detalhes, mas seguramente não foi a melhor coisa que me aconteceu na vida assistir à minha namorada em frangalhos.

E também não foi a pior. Não sei a que preço no futuro, sei desses prejuízos de agora e só, a verdade é que a casca do egoísmo protege. O que senti foi um constrangimento opressivo. Mais do que a culpa de provocar uma desilusão, foi a vergonha que me atingiu. Roberta contou como ficou sabendo de tudo, me humilhou de cima a baixo, e só pôde me humilhar porque tinha razão. Roberta não precisava dizer nada, mas disse, se livrou fácil dos esboços de pedidos de desculpa, rebateu com gana a reclamação que consegui fazer sobre aquela estúpida invasão da minha privacidade — sempre o primeiro contra-ataque dos cafajestes.

Com a convicção de um desastre, Roberta me aniquilou. Uma a uma das pelanquinhas desmilinguidas da minha defesa foram parar num potente, afiado e inquestionável moedor de carne.

« Início da mensagem encaminhada »

Eu aguentei o teu mau humor e tua ausência por vários meses. Eu segurei no osso as tuas grosserias e as tuas patadas gratuitas quase todo o santo dia desde que vocês ficaram sabendo do teu pai. Eu segurei tudo porque eu me importava. Eu te amava e fazia de tudo pra te apoiar, eu abdiquei de M I L C O I S A S com a minha família e com os meus amigos porque eu achava que tu precisava de mim. QUE TU. PRECISAVA. DE MIM. A minha vida ficou estagnada por tua causa. E tu me faz de otária. Uma pobre coitada. Uma trouxa. Eu tinha certeza absoluta que tu sofria DEMAIS com a situação do teu pai, com a pressão no teu trabalho, com toda a carga de ter um parente mal de saúde. Mas tu me fez de idiota. Tu mal dá força pra tua mãe, que anda segurando essa barra toda sozinha desde o início. Tu acha que ninguém nota? Tu acha que ninguém percebe a tua falta de participação numa situação GRAVE DEMAIS como essa? Que ninguém percebe que tu fica mais do que devia no teu apartamentinho, enfurnado, escrevendo no teu computadorzinho, algum "projeto pessoal", algum "relato sobre a tua família"? Que família, se tu nem sabe direito o que tá acontecendo com o tratamento do teu pai?!! Tu me usou, tu usou todo mundo enquanto te divertia com uma pirralha. Tu não ama ninguém. Tu segue a tua vida e não olha pro lado. Tu é um cavalo xucro. Tu não ama nem o teu pai que tá morrendo! Tu já te deu conta disso? Tu nasceu pra ficar sozinho e miserável. Tu é um pobre de afeto, de carinho, de dignidade, de respeito com o próximo. Quem deu tudo pra ti a vida inteira nunca ganhou nada em troca. Tu não é um homem. Tu é um guri ególatra, tu não passa de um escroto aproveitador. Quantos encontros tu teve com essa guria enquanto MENTIA DESCARADAMENTE pra mim que tava trabalhando, ou cansado, ou sei lá que mais tu inventava? Quero mais é que tu sofra. Que tu tenha o que tu merece, porque eu não preciso mais disso. NUNCA MAIS. Tu foi a maior decepção que eu tive. QUEM DEVIA TER ESSE CÂNCER ERA TU. Desaparece da minha vida. Não me escreve mais nada. Seu mentiroso compulsivo. Me esquece. Aproveita e enfia o violão de brinquedo da tua namoradinha no cu. Me esquece.

DÚVIDAS FREQUENTES

Um homem sente medo?
Não.

Um homem não sente medo de absolutamente nada?
Medo de ficar impotente, isso com certeza.

Um homem não teme nem a morte?
Ora, faça um esforço.

Um homem morre?
A princípio, sim.

42.

Quando inadvertidamente me sinto feliz ou, pelo contrário, para baixo, meio fodido, eu gosto de fazer a mesma coisa, e é uma coisa estranha, e também é estranho ser o mesmo hábito para diferentes estados de ânimo, uma mania incomum que consiste em tentar me cansar, castigar o corpo, fazer com que o desconforto ajude a esclarecer o que se passa, para o bem ou para o mal, fazer com que a dor física torne mais apreensível a excitação de algo bom ou o desolamento de um fracasso. Gosto de pegar a bicicleta, por exemplo. Ir longe a ponto de quase me perder e se der a sorte de encarar uma tempestade no caminho, melhor. Gosto de sair pra correr, correr tanto que os pés se encham de bolhas de sangue e que a lombar me lembre por muitos dias desse exagero. Mas gosto especialmente de nadar, por ser mais solitário e mais silencioso e mais vazio, entrar na água e inventar umas séries duras o bastante para que eu tenha ânsias de vômito pela falta de ar. Digo para mim que estou tentando melhorar os meus tempos recentes, o que não serve para nada, apenas para que eu tenha um motivo frágil nas mãos e aí possa fazer de tudo para queimar os pulmões, moer as articulações dos ombros, reviver antigas tendinites munido dessa desculpa de estar caçando um décimo de segundo. Ou nem isso.

Hoje de manhã, perto das 7 horas, caí na água. Ela não estava fria como deveria. Eu queria arrasar comigo, queria me punir pela descoberta de Roberta, queria sofrer de novo por não poder mais ver Duda, queria replicar no corpo, de alguma forma, todo esse rascunho de tragédia. Num monólogo interno porque só um monólogo era possível, eu ouvia apenas um tipo de pensamento.

Poderiam ser os xingamentos de Roberta, ou o seu choro controlado sabe-se lá às custas de quanto esforço, ou a interpretação não tão complexa dos e-mails que ela passou a me mandar reiteradamente na tentativa de me humilhar e de extravasar suas dores, mas não eram. Tampouco eu ouvia Duda me dizendo que já estava na hora de dar um tempo, que não havia mais como a gente se encontrar, ela se sentia muito constrangida e culpada, "Foi legal, gostei, tudo bem, mas não dá mais, desculpa, não dá mais".

Não, não era nada disso.

Hoje, sozinho num retângulo de cloro e água, eu só ouvia a ti, pai.

43.

Uns salgadinhos, espumante, a fila de autógrafos, entrevista para um folhetim cultural, quem sabe vira mais alguma coisa, uma dissertação de mestrado, não sei se dá tempo de tu aparecer na defesa, mas deixa, por enquanto, deixa isso para lá. Os amigos e conhecidos e a família estão chegando, tem um pessoal da agência que veio prestigiar, e uns ex-colegas de trabalho, uma gurizada que eu não via há tempos, já me esqueci da maioria dos nomes, que saia justa logo agora. Tu, com uma camisa sobrando no teu corpo fragilizado, meio amassada, vestida às pressas, e eu com uma camiseta, sei lá, uma camiseta com um retrato do Roy Orbison, jeans e All Star, que é para manter esse figurino padrão, o que se espera de mim, de parecer descolado, uma pitadinha de cultura pop, uma referência antiga e irônica que nem todo mundo vai pegar. Beta, Duda, uma nova executiva de atendimento da agência — eu joguei um verde no inbox do Instagram, fiz uma piada, um trocadilho, ela não cortou o papo, ela mordeu a isca, sabe-se lá o que vai acontecer, mas deixa, deixa isso para depois —, todas elas reunidas, bebericando um espumante quente, no mundo ideal ninguém sabe de nada, não, as coisas continuam debaixo dos panos por muito mais tempo.

Os constrangimentos e as frustrações reunidos num monólito de papel, agora editado e revisado e com código de barra na contracapa, empilhados numa mesinha redonda, e a fila vai andando, eu já bebi umas taças e sou mais simpático do que o habitual com todo mundo, poso para umas fotografias e sorrio, a cara avermelhando pela timidez ou pelo álcool. E chega a tua vez.

Tem que haver um autógrafo especial, um espaço único, que é o que tu merece, já que é o meu pai, porque lutou e sobreviveu, está magro e abatido, mas veio, está de pé, o meu grande progenitor, tem que haver um espaço exclusivo para o meu portentoso ascendente, e então eu rabisco numa lacuna

---

onde mal cabe minha assinatura metida a besta, um autógrafo do autor para o seu desavisado coautor, parceiro de tantas empreitadas, colega de futebol, de viagem, de puteiro, o meu leitor só, o único leitor que deveria ter acesso a essa "Carta ao Pai Depois Que Kafka Passou Mal na Quimio", um autógrafo bem no finzinho da história infame, já que tudo o que veio antes não passou de uma gigantesca dedicatória.

Com amor, para o meu pai.

E quando eu assinar nesse espaço que será só teu, tu vai enfim saber que tudo o que está escrito aqui, em maior ou menor medida, aconteceu de verdade e nos diz respeito, traça uma relação que nunca poderá ser esquecida, que ninguém tira de nós, por mais que haja sofrimento e ressentimentos gotejando de qualquer rachadura dessa construção, bom, é a nossa única morada, nela vivemos e a aceitamos e até chegamos a gostar dela, de qualquer jeito.

Porque o pai é essa força e essa sina e é uma sombra acerca da qual vamos pisotear a vida inteira, sem que jamais ela desbote.

44.

Esquece, não passa de delírio.

Este projeto aqui, este livro, é só um manuscrito de porra nenhuma. Boa sorte, pai, porque eu e o tratamento fracassamos e vem aí outro dia do qual não iremos nos esquecer. Um novo procedimento cirúrgico se realizará no próximo sábado, a partir das 8 horas da manhã, horário de Brasília.

GRANDE DIA
(uma transmissão radiofônica)

NARRADOR: *Uniforme novo e passado. Calção azul-marinho e camiseta branca. Tênis novo, todo preto, com aquele jeitão de chuteira. Estamos aaaaao vivo aqui da escolinha na Rua Silva Jardim, em Porto Alegre. Vai começar a aula de futebol!*

O menino com a camisa 6 está empolgado: é a sua primeira vez. Todos o recebem com carinho, a turma é boa, o dia é de fortes emoções, podem se preparar!

Antes de tudo, os exercícios técnicos e táticos, que o futebol anda mudado: aquecimento, corridas ao redor da quadra, ziguezague nos cones... Formam-se filas: é linha de passe, tabelinhas, cruzamentos e, depois, um chute-a-gol sem fim!

Nossa estrela está confiante, podem apostar. O menino acerta os passes, completa as tabelas, executa os cruzamentos, chuta perto da trave na primeira tentativa e, na segunda, o goleiro faz graaaande defesa!

REPÓRTER: *Vai começar, Carlão.*

NARRADOR: *As coisas vão bem nesse início, mas eu nem preciso dizer que tudo não passa de ensaio para o graaaaande momento: o jogo no final da aula!*

E sabe quem vem chegando para acompanhar tudo de perto? Isso mesmo, o pai do menino!

REPÓRTER: *"Meu pai veio pra me ver!", foi o que o menino disse aos colegas, deu para fazer a leitura labial daqui debaixo, Carlão.*

NARRADOR: *Maravilha, Luís. O pai já está sentado no banco ao lado da quadra, rente à linha lateral. Acena e o menino retribui. Que dupla, pai e menino, que dupla! Jogarão eles lado a lado algum dia? Vamos aguardar...*

Porque agora é a hora do jogo!

Sem mais delongas, apiiiiita o juiz — que também é o professor, nesse caso. A bola já está rolaaaando! São cinco contra cinco nessa trepidante partida de futebol de salão! Turma pequena, vontade enorme. Logo iremos identificar quem são os craques do futuro no meio dessa gurizada!

Atenção, o menino corre pela esquerda — é canhotinho como o pai! —, o menino intercepta um ataque, erra um passe, rouba uma bola e acerta um passe, o menino dá carrinho rente a perna do adversário, o menino dá um carrinho junto à lateral, chuta a bola para a frente, o menino se oferece para cobrar um arremesso, o menino dá carrinho no ataque, dá carrinho contra a própria meta, dá carrinho e acerta a bola, dá carrinho e não acerta nada, o menino dá carrinho longe da jogada, o menino ouviu alguém dizendo que os jogadores de raça dão muitos carrinhos e ele dá carrinho de tudo o que é jeito! Mas que loucura! Ninguém segura esse piá no seu primeiro dia na escolinha de futebol! Que vontade de fazer bonito! Como é engajado com o projeto da equipe! Voluntarioso!

O juiz eeeeergue o braço, está encerrada a partida. Muita disposição de ambos os lados, muita luta, mas nada de gol. O menino sai satisfeito e sorrindo. Vejamos o lado positivo: o menino não perdeu no seu primeiro dia no futebol. Para quem está começando, foi um belo resultado, há de se concordar. Está invicto! E o que ele deu de carrinho? Ah, isso deu!

Estufa esse peito aí, papai, que o menino seguiu à risca a cartilha do jogador raçudo, do jogador dos pampas, onde o céu é mais azul! Vai daí, Luís!

REPÓRTER: *Ok, vamos tentar chegar no pai. Estamos aqui no lado da quadra esperando a movimentação dos jogadores, o menino da camisa 6 já está se aproximando, parece feliz com o seu desempenho após o fim da partida. E aí, pai, o que você achou da primeira amostragem do seu filho na tão desejada escolinha de futebol? Tão desejada por você, correto?*

PAI: *Oi, boa tarde. Olha, sinceramente...*

REPÓRTER: *O menino chegou para ouvir os comentários do pai... A expectativa é grande.*

PAI: *Olha, francamente, eu achei decepcionante. Não adianta ficar dando carrinho inútil na linha lateral... Tem que ir na bola, tem que bater, tem que chegar junto. Ele não apareceu pra receber, parece que sentiu medo do jogo... Esperava mais.*

REPÓRTER: *Não era bem isso que <u>nós</u> esperávamos. Nem o seu filho, imagino.*

PAI: *Mas é isso... Se escondeu do jogo. Tem que ir na bola. Ficar rindo pra mim lá de dentro e só dar carrinho longe do lance pra impressionar não funciona.*

REPÓRTER: *Talvez o garoto tenha algo a dizer...*

MENINO:

REPÓRTER: *Não? Nada?*

MENINO:

REPÓRTER: *Ele fez sinal de que não quer falar, Carlos. Está nitidamente abalado.*

PAI: *Nunca vai ser jogador desse jeito. Tem guri que quase deu com a cara na trave pra tentar fazer gol. E ele? Fez o quê?*

REPÓRTER: *Você não acha que o garoto é um pouco novo e tem muito pra evoluir? Você acredita nessa evolução?*

PAI: *Achei molenga. Eu não sei.*

REPÓRTER: *São essas as declarações após a estreia. Repasso pra você, Carlão.*

NARRADOR: *E como ficou o menino depois dessa, Luís? Luís? Estamos com problemas no áudio do... Luís?! Parece que perdemos o contato com o pessoal lá embaixo. Vamos nessa. Fiquem agora com uma mensagem dos nossos patrocinadores e logo mais, são menos de 30 aninhos, nós voltaremos para falar sobre as frustrações, os traumas e todos os ressentimentos envolvidos nessa partida. É logo, logo. Não saia daí!*

45.

Eu tento me iludir e usar a escrita como um refúgio para o descampado dessas burradas recentes. Te contar o que nunca consegui antes. Desabafar. Não funciona tão bem.

Escrevo para exorcizar um fantasma antigo que eu próprio criei, como todo filho. É óbvio que esse espectro tem morada num corpo, um corpo que ainda vive, uma carcaça que definha diante dos meus olhos há quase um ano. O problema é que esse fantasma concebido na silhueta etérea do meu ego, lido nos hematomas da infância, pode muito bem estar deixando de ser só o meu monstro impalpável para se tornar um espírito desencarnado de fato, uma alma penada, uma assombração que finalmente desfruta da sua imaterialidade. E aí, me diz, como é que fica?

O meu fantasma me escapa entre os dedos e entre o texto. O meu pai, carne e osso, nu, no limiar da morte, onde tantas vezes quis que ele estivesse, lancetado sobre a mesa de cirurgia, as tripas iluminadas por fluorescentes brancas, meu pai cortado, aberto, abertinho da silva, retalhado por bisturis de todos os calibres, diante de uma equipe de cirurgiões que são — ouvi há pouco numa conversa de dois enfermeiros aqui no corredor — os mais putanheiros do hospital.

De novo, pai, vou ficar sozinho, como tanto aconteceu quando eu era criança, tu num eterno de-saída, ao trabalho, ao boteco ou à casa dos teus amigos. E eu com uma bola embaixo do braço, os olhos cheios de raiva cravados nas tuas costas arredondadas, nenhum desafio pela frente, nenhum mano a mano com os chinelos fazendo as vezes de trave no gramado da casa da praia, ninguém para treinar pênaltis ou me dar um bom passe ou castigar minhas desatenções em contra-ataques mortais.

46.

Nessa espera, eu me autorizo a um último guincho, o esperneio derradeiro.

Eu só quero que tu me diga uma palavra, algo que de ti acho que nunca ouvi, mesmo que te soe estranho, porque na tua cabeça nunca me faltou nada, e talvez tu tenha razão, talvez eu seja só um mal agradecido e um ranheta pretensioso, mas se a vida inteira não pude requisitar o meu pai, é bom que eu o faça e faça agora, no apagar das tuas luzes opacas, no dezembro da tua vida, e te peço que tente soar sincero mesmo que te pareça injusto, mesmo que seja difícil de mexer a boca anestesiada e vencer a provável falta de ar, eu te peço mesmo assim, pai, que tu finalmente me diga e olha só, olha bem como não é lá grande coisa:

"desculpa".

47.

Eu sei que eu deveria entender. Que nunca houve maldade. Que foi sem querer. Que foi por uma falta de jeito. Que foi pela tua inexperiência. Que nunca foi assim tão grave, que eu exagerei, que eu não preciso nos expor, que tem gente passando muito pior por aí, que fui um mimado, que fui um guri privilegiado reclamão, que um pai tem os seus direitos e os direitos de um pai são maiores e mais sagrados do que a mera suposição que um filho possa fazer do que um pai deve ou não deve. Que um homem de verdade não sabe direito como se ama, mas que nos toleramos, do jeito que nos é possível. Que tu nunca me faltou naquilo que era mais essencial e mais elementar, talvez nos adereços, mas nunca no cerne, nunca. Que estou sozinho porque fui eu quem empurrou pessoas boas para longe, que se erro e me repito é pelas minhas próprias falhas. E que se eu não sei o que é um sofrimento, nenhuma dorzinha acachapante e visceral de verdade, nada digno de nota muito menos de publicação, é graças à tua fortaleza.

Aqui na sala de espera, na beira do teu precipício, eu deveria entender que me resignar não é ser um homem fraco, não é ser um homem submisso. Que eu saiba ser um homem e um filho justo daqui pra frente. Vai ser o bastante.

ESPERA
(transcrição parcial de uma fita cassete)

LOCUÇÃO MASCULINA (aprox. 10 anos) TÉCNICA: sem trilha ou efeitos; ruído da gravação em cassete: me lembro é que tinha uma dor de aperto na barriga assim ó, e eu tava na frente do colégio quando a turma da tarde já vinha chegando.

Eu tava morrendo de vontade de fazer xixi, mas o pai não gosta de ficar esperando

esperando

de carro na rua.

Eu tinha que tá ali parado quando ele chegasse. O pai ficava muito brabo comigo. Ele berrava comigo se eu não tivesse.

Eu chorava. Às vezes.

Só que eu tinha muita, muita, muita vontade de fazer xixi. Eu fiquei pensando se o pai iria ficar zangado.

Eu tava na frente do colégio, a turma do pessoal da tarde já ia entrando. Era muito tarde depois do almoço. Eu tava ali na frente
esperando

o pai.
Eu tava esperando. A turma dos grandes tava entrando.

Eu era da manhã.

Eu queria ir lá no banheiro, lá em cima no prédio da quinta série, só pra poder fazer xixi. Mas e se o pai chegasse, eu ia dar o maior azar se ele chegasse naquela hora, bem quando eu tivesse indo lá em cima correndo. Doía a minha barriga, assim embaixo, doía que apertava.

Eu não podia fazer nada.

O banheiro era longe, o pai podia chegar.

Eu tinha que tá ali pra esperar. Quem pega carona é que espera, ele me dizia sempre isso. O pai dirigia rápido às vezes e vivia batendo boca. Xingando. Eu tinha muito medo dele brigar na rua, descer do carro pra brigar, essas coisas de gente braba. O pai era brabo se eu chegava atrasado na saída do colégio e o pai ficava brabo dirigindo também. Brabo com a minha mãe. Toda hora brabo.

Só que eu

Eu

comecei

a

fazer

xixi.

Eu não consegui segurar.

Não deu.

Eu fiquei morrendo de vergonha, eu nem olhei pra baixo pra ver o meu xixi molhando... Não olhei por conta de tanta vergonha assim.

Iam achar que era criança.

Um nenê   que faz xixi na calça.

Aí teve uma hora que eu tive coragem e olhei! E não tava molhado! Eu juro! Jurado mesmo. O xixi deve ter caído direitinho no meio do buraco na minha calça onde passa o pé, molhou só um pouco o meu tênis eu acho, nem dava pra ver direito. Eu tava com calça de abrigo do colégio, eu achei que eu ia olhar e ia tá a maior molhaçada, tudo com xixi por tudo assim. Eu olhei e deu um alívio! Eu não ia passar vergonha. O pai agora podia chegar e eu nem ia contar pra ele. Dava pra esperar mais agora.

Daí eu vi.

Lá.

Eu conhecia o carro do pai pela calota nova que ele tinha colocado depois que o pneu furou na estrada uma vez que a gente tava indo visitar o vô. Ele trocou as calotas. Era uma calota meio diferente da dos outros carros.

O pai veio chegando

perto do colégio, e a turma dos grandes, da tarde, já tava entrando junto. A maior bagunça ali naquela hora. Os guris grandes entrando. Eu fiquei meio assustado, mas ninguém viu aquela poça de xixi que ficou perto de mim, eu saí meio pro lado, sabe, o pai já tava chegando e eu tinha que caminhar pra entrar no carro dele e ninguém percebeu o xixi na calçada.

Eu fiquei aliviado de escapar dessa.

Eu achei que todo mundo ia rir de mim. Eu tava achando isso. O pai ia berrar no carro, eu ia molhar o banco. Tudo tava seco, eu toquei no pinto e tava molhado, a calça tava um pouco molhada, só que eu acho que era bem pouco. Tava seco tudo, sabe? Eu ia entrar no carro e eu

não ia dizer nada pro

pai.

Não ia.

O carro veio chegando, e ele me viu e parou.

Eu entrei

bem
quieto.

O pai me disse

oi.

Daí eu disse

oi.

E daí a gente foi

quase sempre assim,

eu ali dentro   do retrovisor

só

"oi"

até chegar

em

casa.

RASCUNHOS

(sem assunto) salvo hoje às 10h46 >

Quando inadvertidamente me sinto feliz ou, pelo contrário, para baixo, meio fodido, eu gosto de fazer a mesma coisa, e é uma coisa estranha, e também é estranho ser o mesmo hábito para diferentes estados de ânimo, uma mania incomum que consiste em tentar me cansar, castigar o corpo, fazer com que o desconforto ajude a esclarecer o que se passa, para o bem ou para o mal, fazer com que a dor física torne mais apreensível a excitação de algo bom ou o desolamento de um fracasso. Gosto de pegar a bicicleta, por exemplo. Ir longe a ponto de quase me perder e se der a sorte de encarar uma tempestade no caminho, melhor. Gosto de sair pra correr, correr tanto que os pés se encham de bolhas de sangue e que a lombar me lembre por muitos dias desse exagero. Mas gosto especialmente de nadar, por ser mais solitário e mais silencioso e mais vazio, entrar na água e inventar umas séries duras o bastante para que eu tenha ânsias de vômito pela falta de ar. Digo para mim que estou tentando melhorar os meus tempos recentes, o que não serve para nada, apenas para que eu tenha um motivo frágil nas mãos e aí possa fazer de tudo para queimar os pulmões, moer as articulações dos ombros, reviver antigas tendinites munido dessa desculpa de estar caçando um décimo de segundo. Ou nem isso.

Ontem de manhã, não era nem 7 horas, caí na água. Foi a mesma coisa depois da primeira vez que a gente ficou. Lembro perfeitamente do meu estado de empolgação. Ontem, era só tristeza e vergonha.

A água não estava fria como deveria. Eu queria arrasar comigo, queria punir o corpo por ter causado o que te causei, queria sofrer de novo por não poder mais te ver, queria replicar tudo isso na minha pele.

Dentro da piscina, num monólogo interno porque só um monólogo é possível num retângulo de água e cloro, eu só ouvia um pensamento. O tempo inteiro. Só um.

Sabe o que era?

Eu só ouvia a ti.
A minha namorada, minha bonequinha de luxo.
A minha Beta.

Eu não sei como pedir de outro jeito. Fala comigo.
Eu te amo.

Que a gente possa ter uma outra chance.

. . . .

anterior < > próximo

. . . .

(sem assunto) salvo hoje às 11h19 >

Quando inadvertidamente me sinto feliz ou, pelo contrário, para baixo, meio fodido, eu gosto de fazer a mesma coisa, e é uma coisa estranha, e também é estranho ser o mesmo hábito para diferentes estados de ânimo, uma mania incomum que consiste em tentar me cansar, castigar o corpo, fazer com que o desconforto ajude a esclarecer o que se passa, para o bem ou para o mal, fazer com que a dor física torne mais apreensível a excitação de algo bom ou o desolamento de um fracasso. Gosto de pegar a bicicleta, por exemplo. Ir longe a ponto de quase me perder e se der a sorte de encarar uma tempestade no caminho, melhor. Falei que estava voltando a pedalar naquele dia em que te busquei na Cidade Baixa e te dei uma carona, a gente passou por um monte de gente de bike, lembra? Mas eu gosto especialmente de nadar, por ser mais solitário e mais silencioso e mais vazio, entrar na água e inventar umas séries duras o bastante para que eu tenha ânsias de vômito pela falta de ar. Digo para mim que estou tentando melhorar os meus tempos recentes, o que não serve para nada, apenas para que eu tenha um motivo frágil nas mãos e aí possa fazer de tudo para queimar os pulmões, moer as articulações dos ombros e reviver antigas tendinites, te falei dessa época que eu treinava quando era adolescente.

Ontem de manhã, não era nem 7 horas, caí na água. Foi a mesma coisa depois do dia em que a gente se conheceu. Naquela vez, eu acordei todo torto por causa de festa e da bebedeira, mas fui nadar. Juro. E foi ótimo. Ontem, era só tristeza e vergonha.

A água não estava fria como deveria. Eu queria arrasar comigo, queria me castigar por ter te metido nessa história sem muito aviso e sem deixar tudo bem claro desde o início. Eu queria sofrer de novo por não poder mais te ver.

Dentro da piscina, num monólogo interno porque essa é a única coisa possível num retângulo de água e cloro, eu ouvia uma voz. O tempo inteiro. Só uma.

Eu só ouvia a ti, Duda.

Aquele último vídeo que tu postou... eu te achei tão linda, eu achei o arranjo tão foda, e teve uns trechos que me pegaram. Eu achei que tu estava cantando sobre a gente, eu sei que não é isso, claro que não, mas eles me pegaram, eles falam de mim e talvez estivessem falando de nós, *in my dream, I was drowning my sorrows, but my sorrows they learned to swim.*

Acho que a gente precisa conversar. Vamos marcar algo?
Te adoro.

Me responde, por favor.

48.

Eu cutuquei a mãe, ela tomou um susto, o médico se aproximou e nos cumprimentou e disse que a cirurgia aconteceu dentro do esperado, depois disse que foi melhor do que o esperado, melhor do que o esperado, saibam disso, "fomos muito bem", foi o que ele disse, e disse que entraria em detalhes na semana que vem, com calma, não devíamos ficar preocupados, o médico fez todas essas considerações com um meio sorriso no rosto, um sorriso muito charmoso, na minha opinião, mas quando vi aquele sorriso bonito me lembrei que precisaremos acionar o plano de saúde para que ele nos ressarça pelos milhares de reais que desembolsamos pela cirurgia, pelo menos uma parte desse dinheiro, custo que deveria ser coberto pelo plano de saúde, sem dúvida, é justo que o plano pague, acho que vou chamar essa responsabilidade, essa função chata, facilitar a vida da mãe, vou atrás das medidas necessárias para recuperar o investimento alto e logo o médico me arranca de qualquer devaneio sobre processos jurídicos e dinheiro para me dizer que seria bem razoável se eu levasse a mãe para casa para que ela descansasse um pouco, tomasse um banho, comesse algo e então, sem pressa, retornasse, e ele lembrou que, de qualquer forma, o meu pai ainda estava sob plenos cuidados no pós-operatório, precisava de mais tempo até ir para o quarto, que nós não nos preocupássemos, que tu não fugiria para tomar uma cerveja, que tu não aprontaria uma dessas ao menos por enquanto, e eu achei essa piada de péssimo gosto e, por essa razão, muito boa, ele disse rindo aquele sorriso que já comecei a achar muito canastrão, um sorriso de médico de comercial ruim, e aí começou a repetir conselhos num tom

mudado e mais sisudo, reiterou que deveríamos nos recuperar, que era importante, que deveríamos descansar, chegamos
cedo no hospital para as preparações todas, nem era dia quando chegamos, nem tinha sol, "Vocês viram como esquentou?",
falaríamos depois, com toda a calma, pormenores esmiuçados
no consultório, "Vamos esperar, vai dar certo, eu sei que uma
espera dessas é complicada," ele foi dizendo, "mas vamos esperar, vamos esperar".

FIM

EPÍLOGO
(ou um outro jeito de voltar para casa)

Está escuro e a música é um saco. Alta demais.

No meio dessa treva parcial — o que não é parcial na sua vida, pelo menos até o ponto em que nos encontramos? —, você enxerga mal com os óculos caros que você mesmo pagou. Você é macaco velho, afinal. Tem que assumir algumas responsabilidades, os gastos e o que é decisivo a essa altura do campeonato: comprometer-se de vez com a conta inteira da sua existência nada cordial. Amigo, você está há anos-luz de ser considerado um menino. Quem sabe você não enfia no rabo alguns dos seus subterfúgios prediletos? Será que já não está na hora de parar de reclamar?

A hora, para falar a verdade, você perdeu. Você adora relógios. Ganhou um relógio no seu aniversário de 18 anos. Pegou gosto. Adquiriu outros. Agora, você não está usando nenhum. A bateria do seu celular se foi. Você bebeu umas cervejas, uma dose de vodca. Duas doses. Três doses. Não adianta, você está constrangido. Esse lugar não é familiar, você acha que não pertence a ele, apesar de lembranças palpáveis, apesar daqueles ensinamentos básicos acerca de uma masculinidade ancestral, uma virilidade enciclopédica. E a quarta dose. Você está sufocando.

O que é normal.

A vida inteira, você esteve em guerra. Retaguarda estúpida: sempre foi o mundo contra você, daí tantas defesas. Pois deixa eu dar uma notícia constrangedora: você não é importante nessa porção toda que o seu ego teoricamente frágil — e apenas teoricamente frágil — deduz. Pode esquecer a timidez. Pode relaxar esses ombros trabalhados dentro da piscina e nos salões das academias de musculação. Pode, digamos, relaxar.

Ninguém, ninguém, ninguém nota você aqui.

Deveria ser um alívio. Não é?

Você pede outra bebida. Sorte que o garçom o enxergou, ao menos ele, e dessa vez você não precisou ficar com o braço estendido por tanto tempo. A sua escolha, de acordo com a batalha particular que você supõe lutar, foi estratégica: uma mesa pequena e distante do palco, que é circular e fica no meio do salão. Diga, como você teve coragem de entrar num lugar desses?

Você está sozinho, já sabemos disso. Tem um buraquinho no seu estômago. Menor do que deveria. Você não presta.

Você se arriscou demais e estraçalhou pessoas que não tinham nada a ver com as âncoras enferrujadas do seu naufrágio. A sua coleção de úlceras é sua e de mais ninguém, mas não há jeito de você se segurar, de tentar ser um pouco menos canalha e colocar o pau no modo avião.

Houve mulheres maravilhosas. Como foi possível? Mulheres deslumbrantes que a você ofertaram cariciosas madrugadas. Que na sua presença não se opuseram a vestir somente a luz tépida de um abajur. Que se submeteram à clandestinidade para viver o que você bem quisesse, o que você decidisse a qualquer tempo, as bocetas e os peitos e as bocas e as peles e os cus e essas oferendas eram o mundo inteiro nas suas mãos por incontáveis vezes, tudo foi seu, e a sua opção, acompanhe a lógica disforme, a sua escolha frente a um banquete divinal foi a seguinte: cravar ambos os pés no lodo do cinismo e da dissimulação mais cafajeste.

Você merece um troféu.

– Oi. Posso sentar?

Pronto, o seu empenho em se esgueirar nas sombras foi inútil. Ela não esperou a sua resposta. Ela veste uma blusa verde de alcinha. Shorts jeans que apertam as coxas. Colares sobrepostos. Brincos de argola, dourados e enormes. A maquiagem, destoando do contexto, não é exagerada, enquanto o rosto, você pensa que ele é a exata definição de comum.

"Vim para reviver, moça, algo que se passou há muitos anos, quando eu não deveria ter estado aqui, esse antro tão escuro e barulhento onde tudo se resume a carne, veias e muco. Onde somos sempre clandestinos, onde o gozo é uma farsa, a dança é um disfarce, os nomes são códigos inventados, onde todos possuem outras identidades, como um coletivo de super-heróis fracassados. Eu estou aqui, moça, a nobreza do meu gesto, para pesquisar. Nada mais. É que preciso terminar um livro que estou escrevendo, sabe?", e

isso você pensa sem dizer, claro que não, você pode ter bebido, mas não teria coragem de falar tolices para essa garota de o quê, 20 anos?

A menina o encara com uma persistência admirável, puxa conversa e você quer ir embora imediatamente. Ela fala sem parar, o que dá um respiro para o seu constrangimento, você é um bom moço e aprendeu que não se dá trela para estranhos. Ela é uma estranha, uma anomalia juvenil com os peitos transbordando da blusa apertada, muita bijuteria, ela se oferece a partir de um texto com tão pouco subtexto. Você desvia os olhos para perceber outra mulher. Esta traja a calcinha patética cujo formato qualquer um suporia de antemão, uma obviedade em cima do palco no centro do recinto, numa dança não menos óbvia, num esfregar de carnes não menos óbvio em uma barra de ferro igualmente inevitável. Você já não tem a menor dúvida de que foi uma das piores decisões da sua vida essa de vir bancar o artista em busca de fatos e de cheiros e de sensações próximas da realidade, pois: o que é menos real do que esse lugar?

Você lembra de uma namorada e de outra, e mais outra, e da cor de um sutiã, e do aspecto de um mamilo, e da aspereza de um pescoço, e da umidade de um lábio, e do grotesco de um filme, e de uma brincadeira com pirulito, e do tom amarelado do seu pai no leito de um hospital.

Você quer fugir.

Até porque a última coisa que você sente neste momento, lá para trás da fila dos sentimentos, é o impulso que qualquer homem experimentaria numa negociação comercial como esta em que você se encontra, mesmo que contrariado, mesmo que o amargo da bebida e o gosto férreo da culpa e o vácuo das suas perdas e a aflição com a impossibilidade de corrigir a rota das suas fugas conjurem-se dentro da sua cabeça — mesmo que lhe reste décadas de vida e que você possa dar início a uma renovada caminhada sobre o planeta, muito mais honesta — veja, parece bem difícil que você sinta e, de fato, a última coisa que você sente agora é tesão.

E quando não poderia ficar mais confuso, você se descobre dentro de um quarto com cheiro de cigarro e perfume barato. Você, aos pedaços, com as pernas escancaradas sentado na beira da cama. Você sente uma tontura opressiva, a luz exígua embaça os seus olhos, os seus óculos engordurados não facilitam nada, e é no preciso segundo em que a atmosfera parece ter ficado ainda mais cínica que a menina de 20 anos de idade, ajoelhada à sua frente, você consegue a achar bonita de um modo muito particular dessa vez, é então que a menina começa a abrir o zíper da sua calça.

Porto Alegre, novembro de 2017.

AGRADECIMENTOS

Obrigado, mãe e pai. Obrigado, Mayume Hausen Mizoguchi, Danichi Hausen Mizoguchi, Pedro Becker, Vinícius Mano, Reginaldo Pujol Filho, Veronica Stigger, Amilcar Bettega, Charles Kiefer, Ricardo Barberena e Rodrigo de Faria e Silva.

SOBRE O AUTOR

Samir Arrage nasceu em Porto Alegre em 1983. É mestre em Escrita Criativa e professor da Faculdade de Comunicação, Artes e Design da PUC-RS. *Catálogo de Ressentimentos*, seu primeiro romance, foi finalista do Prêmio Sesc de Literatura.

Este livro foi impresso nas oficinas gráficas da Editora Vozes Ltda.,
Rua Frei Luís, 100 – Petrópolis, RJ.